はじめに

短歌を生成する〈短歌ＡＩ〉

問題です。次に並べる短歌のうち、ＡＩがつくったものはどれか当ててみてくだ

揺れている構造物があるとする場合に限り地震の揺れは
パン屋では客の好みを聞きながら商品を決め袋に詰める
学校に向かう途中の少女鉄神像の間を列車が抜けた
目が醒めて匂いを嗅いで好きだといい猫になったあとなんとなく死ぬ
街角の影がくっきりふりかかる太陽からの冷たさに耐え

さて、前ページの問題の答えですが、勘のいい読者の方はすでにお気づきかもしれません。実はどれも短歌を生成する〈短歌ＡＩ〉が生成したものです。

いかがでしょう？　いかにもＡＩが生成したような味気ないものから、少し短歌を「わかっていそう」なものまで、さまざまあるように感じられませんか。

なぜＡＩから、これだけ違った表現が生まれてくるのでしょうか。ＡＩも、短歌を上手に詠むことができる？　そんな問いから出発して、「ＡＩが短歌をつくる」ということについて、さまざまな実践を通して考えていこうと思います。

新しい視点から考える

この本では、短歌を生成するＡＩの仕組みを解説しながら、ＡＩがどのように短歌を学び、またそれをつくっていくのかを見ていきます。

読者は、ＡＩと短歌それぞれに対して、専門的な知識を持たないものと仮定します。本書を読み進めれば、「コンピュータが言語を処理するとはどういうことなのか」に始まり、「ＡＩが短歌をつくる際にはどんなことをしているのか」がわかり、さらには「短歌入門」的な知識も得られるように努めました。

最初にお断りをしておくと、タイトルでは『ＡＩは短歌をどう詠むか』と謳(うた)っています

AIは短歌をどう詠むか

浦川 通

講談社現代新書

2748

が、この本の目的は〈ＡＩを駆使した短歌のつくり方〉を解説することにはありません。むしろ、〈ＡＩが短歌をつくる〉という過程を通して〈人が短歌をつくる〉こと、ひいては〈私たちが毎日扱う言葉〉について、新しい視点から考えることを目指しています。

いま読者の皆さんには、「そもそもＡＩに短歌をつくることができるの？」「ほんとうにＡＩに上手い短歌がつくれるの？」といった疑問が浮かんでいるかもしれません。本書ではＡＩを通して、「短歌をつくるとは何か」「短歌が上手いとは何か」といった問いについて、改めて考える機会が提供されます。ＡＩに対する疑問が、そのまま私たちの行為にも返ってくるのです。

新聞社の短歌ＡＩ

ここで、なぜ私がこの本を書いているのか、簡単に自己紹介をさせてください。

かつて私は、「メディアアート」の制作をしていました。メディアアートとは、新たなテクノロジーを応用して制作される、あるいはテクノロジーそのものをテーマにしたアートのことです。それは、「私たちの日常をつくる技術と私たち自身の関係性」について、モノをつくるという実践を通して考える行為でした。

そして現在、私の興味は「言葉」に対する技術の応用に向かい、朝日新聞社メディア研究開発センターで「自然言語処理」の研究開発に取り組んでいます。

自然言語処理——ひょっとしたら、聞き慣れない言葉かもしれません。これは、人が日常で扱う言葉をコンピュータが処理する技術を指します。人によって書かれる文章や話される会話など、私たちが毎日の生活で交わす「言葉」をコンピュータが処理し、例えばそれを別の言語へ翻訳したり、重要と思われる箇所を要約したり、といった「言葉」にまつわるさまざまなことをできるようにする技術です。

そしてこの自然言語処理は、人間の言葉を理解し扱う技術として、ＡＩ研究の分野とも深く関わっています。この分野では「機械学習」と呼ばれる手法が広く用いられており、大量のデータから学び、特定の課題を解決するＡＩが開発されています。新聞社には、過去から現在にわたる多様な出来事を記録した膨大な新聞記事があり、これらは私たちのＡＩ開発に不可欠なデータとなります。実際、メディア研究開発センターでは、そのような大量のデータを利用して、自動的に記事の見出しを生成するＡＩなどを開発してきました。

短歌を生成する〈短歌ＡＩ〉も、新聞社の中で生まれたＡＩです。私の個人的な興味から試作を始めたのちに、１００年以上の歴史を持つ「朝日歌壇」を担当する文化部をはじめ、社内外の研究者、さらには歌人といった方々との協力のもとで形づくられ、世の中へと広げられています。

短歌とＡＩと人が出会う

私はこれまでに、短歌ＡＩをつくるための学習データを準備したり、短歌ＡＩがより短歌らしい内容を生成するにはどうすればよいか、試行を重ねたり、短歌生成の様子を歌人の方に見せて反応を窺ったり、またそこからＡＩと人との関係について考える場を提供したり、「短歌とＡＩと人」に関わる活動をさまざまに重ねてきました。

本書では、そんな過程の一つ一つから得られた発見や知見を整理し、皆さんにお伝えします。

まず序章では、ＡＩがどのように言葉を学習してそれを扱えるようになるのか、ＡＩ＝言葉を生成する「言語モデル」の基本的な原理を示します。

続く第１章では、朝日新聞社でのさまざまな取り組みを例に、短歌ＡＩの全体像を眺めます。

第２章では、五・七・五・七・七のリズムを持つ短歌の「定型」を、ＡＩがどのようにして身につけるかについて説明します。そして、短歌を「詠む」ためには短歌を「読む」のが大事であること（第３章）、言葉を「歌」にするための飛躍について（第４章）解説します。

第５章では、短歌ＡＩと人間とのやりとりを通じて、短歌をつくる現場での人とＡＩの関係を考えていきます。ＡＩの発展の速度は近年とても速く感じられますが、言葉を扱うそれを介して、短歌という文化・創作について改めて考えていく過程には、普遍性が宿ると信じています。

まるで人のように短歌をつくるＡＩがある。確かにそれは、人と「似ている」わけですが、ＡＩの方が得意なこと、人間の方が得意なこと、ＡＩにしかできないこと、人間にしかできないこと、そして共通してもっていること……が、短歌ＡＩを通して見えてくるでしょう。私はこれを、新たに短歌と私たち人間について考える、良い機会だと捉えています。いま、この時代だからこそ生まれる、人が短歌をつくることへの新しい感覚を、この本の中で表すことができたらと思います。

〈ＡＩ〉が短歌を学び、そして〈人間〉と出会う。このさまを見ることで、〈あなた〉が短歌について知り、それを自分のものとして、新しい歌をつくる。この本が、そんなきっかけの一つとなればうれしいです。

目次

永田和宏さんの歌を学習したＡＩ
「何を読んだか」が「何を書くか」になる
覚えること／忘れること／忘れられないこと

第４章　言葉を飛ばす

言語モデルが言葉を生成するとき
いろいろな言葉のつなぎ方
多様な生成を得る手法
「生成パラメータ」による調整
確率を「ならす」か「尖らせる」か
「当たり前」な短歌を生成する
つまらなさへの固執
「飛んだ」短歌を生成する
ちょうどよいところへ短歌を着地させる
次の「言葉」をつなぐということ

序章　「言葉」を計算してつくる

情報を処理するということ

春過ぎて夏来るらし白たへの衣干したり天の香具山

これは、私が「言葉」で何かを表現することに興味を持つきっかけとなった短歌です。万葉集に収められている一首として、持統天皇（645－702）が詠んだこの歌を目にしたのは中学生の頃、国語の資料集に載っていたものだったかと思います。

読んですぐ、夏の映像が鮮やかに浮かんだのを覚えています。その後、大人になってからも何度も反芻している「言葉」です。こんなに短い、そしてなんでもないような風景を描写したなかに、一千年以上も前の人間が感じた繊細な日常の一瞬が保存されている。それを、未来の子供である自分が解凍して味わえる。これが、今でも不思議に感じられます。

そんな力を人間にもたらしている「言葉」ですが、これをAIが扱う過程では、いったいどんなことが起きているのでしょうか。本論に入る前に、まず序章でコンピュータと言葉について考えてみたいと思います。なお、自然言語処理における専門的な知識を、なるべく簡単に説明しようと努力したつもりですが、なかには難しい考え方が出てくるかもしれません。そういった際は、適宜読み飛ばしていただいてかまいません。第1章以降で〈感じ〉を摑んでいただいた上で、読み返すということもできるでしょう。

さて、コンピュータは、すべての情報を「数値」で表している。と、聞いたことがあるかもしれません。「そんな根本的なところから始めるんですか」「いや初めて聞きました。でもそれがAIと短歌に関係ありますか」……そんな声が聞こえてくるような気もします。しかし、この本でこれから書いていく「AIが言葉を計算して短歌をつくること」を考えるためにも、まずこのコンピュータの基本的な原理から見ていこうと思います。

コンピュータの基本的な処理とデータ表現の根底には二進法（「バイナリ」といいます）があります。数字や文字を「0」と「1」の組み合わせによって表し、それらを加えたりつなげたりといった命令も、「0」と「1」の組み合わせによって表現します。画像や音声、映像といった複雑な情報も、最終的には二進法の数として表現され、処理されます。

画像データを例に考えてみます。デジタル画像は「ピクセル」と呼ばれる小さな点の集まりで構成されており、各ピクセルは特定のある色を表現します。これらの色は、一般的にRGB（Red・赤、Green・緑、Blue・青）という光の三原色の組み合わせで表されます。あるピクセルのR（赤）の値が大きく、そのほかの値が小さければ、そのピクセルは赤い点として表示されます。そしてこの色を持った点が集まって、画像がつくられるのです。例えば、りんごとバナナを収めたデジタル画像があった時、りんごの部分のピクセルは赤色を表す(R, G, B) = (255, 0, 0) といった値を持ち、バナナの部分には黄色を表す(R, G, B) = (255, 255, 0) といった数値を持つピクセルが割り当てられます。そしてこれらの数値を二進法で表し(255であれば二進法で11111111)、処理するのです。

音声データも同様です。音の振幅を数値で表し、それを時系列で並べたものとして表現します。これにより、コンピュータはあらゆる画像や音を正確に再現し、保存し、処理することができます。

このように、今ではあまりにも生活に溶け込みすぎてしまって意識することもありませんが、コンピュータはあらゆる情報を数値として扱っています。そしてこの原理は、「言葉」をコンピュータで処理して何かを表現する、「言葉を計算してつくる」ときにも根底ではつながっています。すなわち、言葉もコンピュータが処理をするためには、それを数値として扱う必要があるのです。

「言葉」を数値で表す難しさ

あらゆる情報を数値として扱うコンピュータでは、言葉も数値として扱いたい。しかしそこには、画像や音声とは性質の違う「言葉」だけが持つ難しさがあります。

例えば、画像をより赤くしたいといった処理を行う場合、各ピクセルの赤色を表す数値を上げれば、とりあえずは実現されるでしょう。音声をより大きくしたいといった場合も、音の振幅を表す数値を大きくしたら、ひとまずは達成されそうです（もちろん、実際にはもっと複雑な処理がそこでは行われているでしょう）。

しかし、言葉を扱う場合には、単純な数値の操作が効果を発揮することはほとんどありません。例えば、「あ」は0、「い」は1、「う」は2、というように、世界中のあらゆる文字を数値として表現するコンピュータがあるとします。ここで、〈このＡＩと短歌に関する本は、とても面白い。〉という文を処理したいとしましょう。このとき、この文の表す感情的なニュアンスを理解したり（これはポジティブな文である）、続く内容を生成したり（これを読んで、私も短歌をつくってみたくなった……）、異なる言語へ翻訳したり（This book about AI and tanka is very interesting.）するには、文字を表す数値を単に足したり引いたりしても実現できそうにないことは、想像に難くないでしょう。

これは、言葉が文字という記号によって表され、その奥に複雑な意味や文脈を持ち、かつそれらが人間によって経験的につくられてきたためと言えます。画像や音声が物理的な現象として捉えられるのと比較しても、その違いは明らかでしょう。そんな性質を持つ言葉の処理は、記号に対する直接的な操作や物理法則に従うものではなく、記号に割り当てられた数値の単純な演算では、それを表現することはできません。

コンピュータおよびその内部で実現されるAIが言葉を効果的に処理するためには、言葉の持っている「意味」や「文脈」を反映した数値表現を獲得する必要があるのです。

近年のAIは「ニューラルネットワーク」と呼ばれる機構を用いて構築されることが一般的です。ニューラルネットワークは、人間の脳の神経細胞（ニューロン）が情報を伝達する仕組みに触発されたもので、入力されるデータが表す複雑なパターンや特徴を学習することで、新たに与えられるデータの特徴を捉える能力を身につけていきます。「言葉」のような複雑な情報を処理したいという時、ニューラルネットワークは非常に効果的な道具となり、以降で見ていくような「言葉を計算してつくる」ためのさまざまな処理を可能にしています。

単語の意味を計算する

「春」「夏」「白」「山」。これらはただの「単語」です。しかし、これを一つ一つ目にするだけでも、私たちはいろいろなことを感じるのではないでしょうか（「春」は暖かい、「夏」は暑い、「白」は清潔な感じがする、「山」より海が好きだ……）。さらに、これらの単語を一まとめにして捉えると、「春と夏はどちらも季節を表す言葉だ」とか、「春、夏、山はどれも自然を表現する一方で、白は色の名前であって、少し印象としては遠い」とか、単語どうしが持つつながりも漠然と感じられるかもしれません。

このように、ただ文字という記号が並ぶことで表現される「単語」ですが、その奥には文字の連なりを超えた意味が込められている、私たちにはそんなふうに見えているでしょう。

この一見単純そうで複雑な「単語」を、AIではどのように表現するのでしょうか。

AIはテキストデータを処理する際、入力される単語をベクトル（いくつかの数値をまとめて一つの表現にしたもの）として表現します。ベクトル化することで、単語間の距離の計算といった数学的な演算が可能になり、またニューラルネットワークが単語の持つ特徴を学習できるようになります。

単語をベクトル化する手法のうち、最も素朴な方法に「one-hotベクトル（ワンホットベクトル）」があります。例えば、「春」「夏」「白」の三つの単語があるとしましょう。この時、one-hotベクトルは各単語を次のように表現します。

「春」：1, 0, 0
「夏」：0, 1, 0
「白」：0, 0, 1

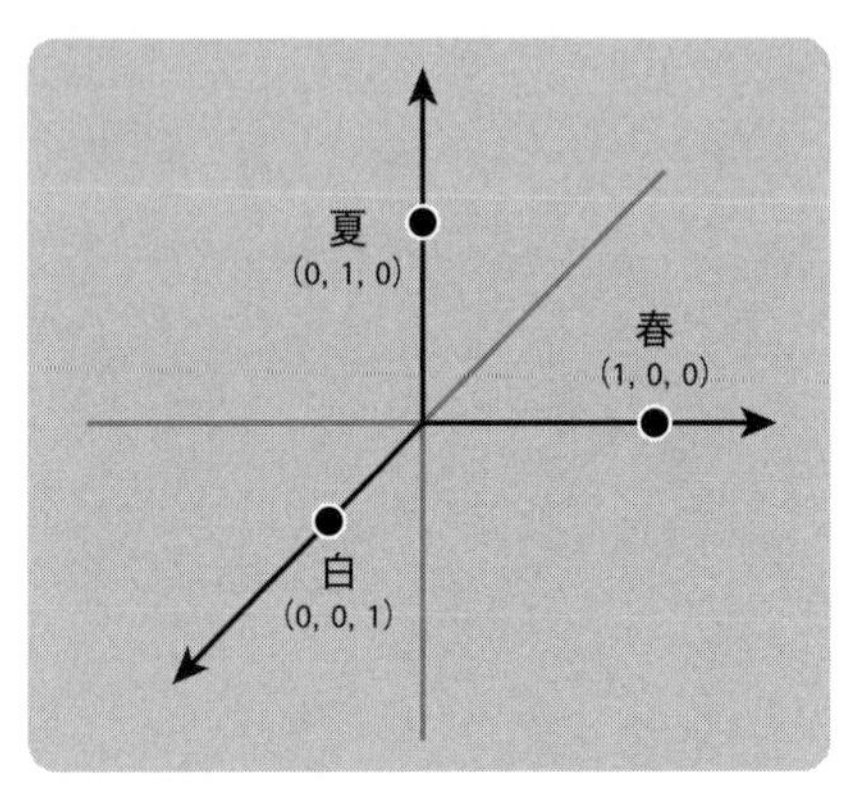

図0-1 「春」「夏」「白」をベクトルで表現する

このように、考えたい単語の数（ここでは三つです）を次元＝数の個数とするベクトルを用意し、そのうち一つだけを「1」、それ以外を「0」とすることで、ｏｎｅ－ｈｏｔベクトルが得られます。これにより、三つの異なる単語を3次元の空間上で表現することができます（図０－１）。とてもシンプルな考え方です。単語を数値として表すことができました。

しかし、この方法には単語どうしの関係性を表現できない、といった欠点があります。例えば、「春」と「夏」は両方とも季節を表す単語ですが、ｏｎｅ－ｈｏｔベクトルでは「春」と「夏」の距離が、「春」と「白」の距離と同じになります。同じく季節を表す「春」のベクトルと「夏」のベクトルの距離よりも、より関連の薄い「春」と「白」

の距離の方が遠くあって欲しいわけですが、ｏｎｅ－ｈｏｔベクトルではすべての単語間の距離は一定です。ここで例えば「春と夏はどちらも季節を意味する語である」といった関係を表現することはできません。

こうした問題を解決するために、語の間の関係性を考慮しながらベクトルをつくる方法が考案されてきました。その一つとして、前出のニューラルネットワークを用いて単語ベクトルを計算する「ｗｏｒｄ２ｖｅｃ（ワードツーベック）」があります。この手法は、「分布仮説」と呼ばれる考えに基づいています。

分布仮説は、イギリスの言語学者Ｊ・Ｒ・ファース（１８９０―１９６０）らによって提唱された仮説で、「単語の意味は文脈（その単語の周辺にある単語）によってつくられる」というものです。この仮説に従えば、似た文脈に現れる単語は、意味も似ていると考えることができます。確かに、果物を表す単語である「りんご」と「バナナ」はどちらも、「スーパーで（りんご・バナナ）を買った」「（りんご・バナナ）の皮を剝く」というように、似た文脈に現れる＝周辺に登場する語も似ている、といえます。

ｗｏｒｄ２ｖｅｃでは、ニューラルネットワークがこの分布仮説に基づいて単語ベクトルを学習するわけですが、その学習は「文脈（周囲の単語）からその中心にある単語を予測する」ことで行われます。

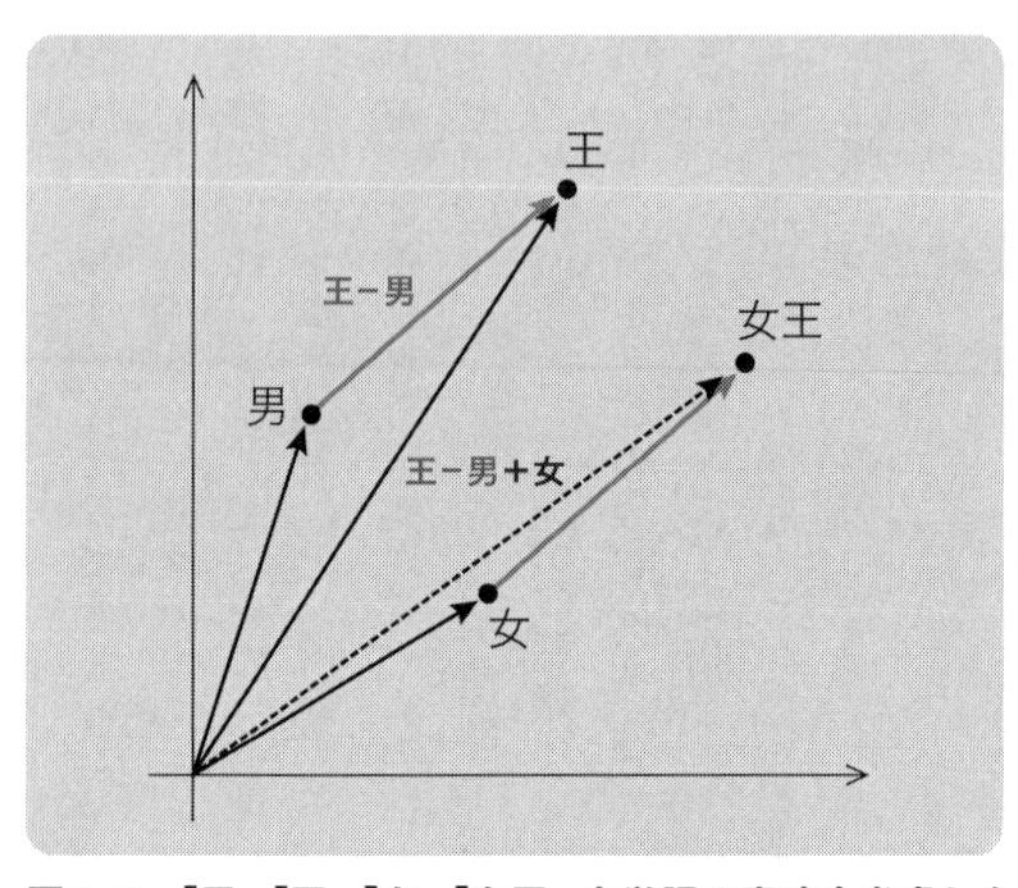

図0-2 「男」「王」「女」「女王」を単語の意味を考慮したベクトルにする

例えば、「今日の天気は晴れです」という文があったとしましょう。ここでｗｏｒｄ２ｖｅｃのモデルは「今日の□は晴れです」の空欄に当てはまる単語（この場合は「天気」）を予測します。この学習により、モデルは単語の意味を捉えた単語ベクトルを獲得していくのです。意味の似た単語は空間内で近い位置に置かれ、これにより単語どうしの類似度を計算することが可能となります。さらに面白い点として、ｗｏｒｄ２ｖｅｃで得られる単語ベクトルによって「意味の演算」とも言える処理が可能になることが知られています。例えば、「王」−「男」＋「女」というベクトル演算の結果から、「女王」に近いベクトルが得られます（図０−２）。

ｏｎｅ－ｈｏｔベクトルの素朴な表現方法から見れば、これは大きな進歩に感じられるでしょう。単語をベクトルとして表現し、ニューラルネットワークでそれらの関係性を学習することで、ＡＩは文字の連なりを超えた言葉の意味を数値化しているのです。

意識の辞書

私は２０１７年に、「意識の辞書」という作品を制作・展示しました。

これは、ｗｏｒｄ２ｖｅｃを用いて、〝特定の個人が持つ意識の流れ〟を収めた辞書をつくることを目指した作品です。具体的には、ある一人の作家が書いた文章から単語ベクトルを学習し、〝その作家の作品の中で意味の近い単語を並べた〟辞書になっています。展示では「文豪編Ｉ　夏目漱石」と題して、夏目漱石の遺した文章を学習することで、彼の思考を辞書という形で捉え直そうと試みました（図０－３）。

この辞書で「人生」という単語を引くと、「意義」や「散文」といった単語が周囲に並んでいるのがわかります。また、「恋愛」を引けば、「罪悪」「意味」「問題」といった言葉が近くに配置されているのを見つけることができます。ただページをめくるだけで漱石の内面に迫ることができる、そんな辞書になっています。

単語の意味的な距離を定量的に把握して、その結果をもとに単語を配列することで、こかりたい。

【名詞】4581 - 13
分は父が筆を動かす間、床に活け
後菊だのその後にある懸物だのを
うちで品評していた。

【名詞】4582 - 44
の時宗助夫婦は、最近の消息とし
安之助の結婚がとうとう春まで
びた事を聞いた。

【名詞】4583 - 28
決の出来ぬように解釈された一種
事件として統一家、徹底家の心を
ます例となるかも分らない。

【名詞】4584 - 23
まどうしても、今日の告白を以て、
己の運命の半分を破壊したものと
めたかった。

【名詞】4585 - 11
小夜所持の琴一面は本人の希望に
り、東京迄持ち運び候事に相成候。

【名詞】4586 - 14
生が私の家の経済について、問い
しい問いを掛けたのはこれが始め
であった。

【名詞】4587 - 23
なくとも、自分だけでは、父から
ける物質的の供給がもう絶えたも
と覚悟する必要があった。

【名詞】4588 - 40
だ先方はどこまでも下手に出る手
を主眼としているらしく見えた。

【名詞】4589 - 16
面と印形を係りの者に渡して、必
の金額を受け取って出てみると、
俥子は待っていない。

【名詞】4590 - 40
彼女の填補した金はかくして黙って受取られ、また黙って消費されてしまった。

必要【名詞】4591 - 2
大して注意を払う必要もないので、少し経ったら、また首を挙げて画の方を見た。

併せる【動詞】4592 - 42
つまりこのお金を断ることによって、併せて私の親切をも排斥しようとなさるのです。

挙げる【動詞】4593 - 13
結婚は年の暮に佐野が東京へ出て来る機会を待って、式を挙げるように相談が調った。

手腕【名詞】4594 - 13
針鼠のように尖ってるあの兄を、わずかの間に丸め込んだ嫂の手腕にはなおさら敬服した。

判断【名詞】4595 - 13
自分はその不安の出所が兄にあるのか、または嫂と自分にあるか、ちょっと判断に苦しんだ。

要点【名詞】4596 - 33
取も直さず物を見るべき要点を沙翁が我々に教えてくれたのであります。

矛盾【名詞】4597 - 11
藤尾は矛盾した両面を我の一字で貫こうと、洗髪の後に顔を埋めて考えている。

罪悪【名詞】4598 - 14
いずれにしても先生のいう罪悪という意味は朦朧としてよく解らなかった。

開放【名詞】4599 - 42
彼女は自分を夫の前に開放しようという努力も決心もなしに、天然自然自分を開放してしまった。

恋愛【名詞】4600 - 11
糸はちっと女大学でも読めば好いのに、近頃は恋愛小説ばかり読んでて、まことに困るって。

意味【名詞】4601 - 1
この意味においてイズムは会社の決算報告に比較すべきものである。

事実【名詞】4602 - 2
彼れもこの時に限って、自分が生きている事実を、満足に自覚するのだろう。

問題【名詞】4603 - 2
かと思うと、突然えらい問題を提出して急に同輩拔に飛び移る事がある。

事柄【名詞】4604 - 19
もう少し家庭内に起った事柄で、面白いと今でも人が記憶しているような事件はないでしょうか。

材料【名詞】4605 - 12
なかなかもって抑揚頓挫波瀾曲折の妙を極めるだけの材料などは薬にしたくも持合せておりません。

金銭【名詞】4606 - 14
なるほどそんな切り詰めた生活をする人に比べたら、私は金銭にかけて、鷹揚だったかも知れません。

衣食【名詞】4607 - 14
そうしてその手紙に、どうかみんなの考えているような衣食の口の事が書いてあればいいがと念じた。

参考【名詞】4608 - 11
当てて見ないだって区役所へ行きゃ、すぐ分る事だが、ちょいと参考のために聞いて見るんだよ。

4591 - 4608

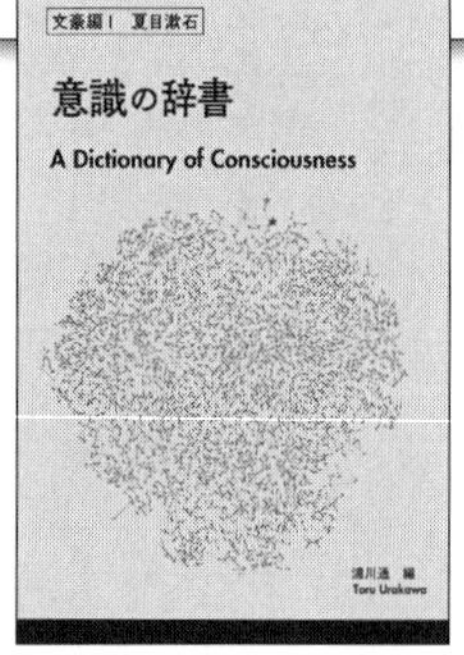

図0-3
夏目漱石の思考を単語で並べた「意識の辞書」

念がなおさら彼を蒼蠅くした。

潔癖【名詞】4571 - 40
持って生れた倫理上の不潔癖と
上の不潔癖の償いにでもなる
に、座敷や縁側の塵を気にした。

独断【名詞】4572 - 42
けれども彼女は津田が最初に考
はどこの点において独断的な
はなかった。

臆面【名詞】4573 - 23
支那人てえ奴は、臆面がないか
何でも遣る気だから呑気なもの

適宜【名詞】4574 - 40
姉が息苦しくって、受答えが出
ねるので、脊中を撫っていた女
口ごとに適宜な挨拶をした。

手短【名詞】4575 - 23
そう急にどうのこうのという心
ない様だが、決して軽い方では
という意味を手短かに述べた。

第三者【名詞】4576 - 10
これがわかるためには、わかる
の余裕のある第三者の地位に立
ばならぬ。

反駁【名詞】4577 - 14
彼は別段反駁もしませんでした。

死後【名詞】4578 - 14
世話ついでに死後の片付方も頼
いという言葉もありました。

報道【名詞】4579 - 11
安図尼が羅馬でオクテヴィアと
した時に使のものが結婚の報
持って来た時にクレオパトラの。

非礼【名詞】4580 - 30
僕は僕の敬愛する叔父に対して
物贋物の名を加える非礼と僻見

4571
-
4590

238

れまでにない辞書を構成しています。

文の意味を計算する

するとと、いつの間にか、うす日がさし始めたと見えて、幅の狭い光の帯が高い天井の明り取りから、茫(ぼう)と斜めにさしている。能勢の父親は、丁度その光の帯の中にいた。——周囲では、すべての物が動いている。眼のとどく所でも、とどかない所でも動いている。そうしてまたその運動が、声とも音ともつかないものになって、この大きな建物の中を霧のように蔽(おお)っている。

（芥川龍之介『父』）

これは、芥川龍之介の『父』という作品に現れる「文」の集まりです。これも私の言葉に対する原体験の一つとなったもので、読んでいるうちに、映像、音、そして空気までが、まるでその場にいるかのように感じられます。

文は、単語が集まってつくられるものです。そしてそれは、単語単体よりもはるかに複雑な情報を伝えています。さて、このような「文」をＡＩが扱うには、どのようにすればよいでしょうか。

単語の意味を数値化する「単語ベクトル」を見てきましたが、この概念を「文」に当てはめることで「文ベクトル」を考えることができます。文ベクトルは、文が表す内容をベクトルで表現します。この計算方法には、例えば文を構成する単語の単語ベクトルを組み合わせる単純な方法から、文の組み合わせを用いてニューラルネットワークがその関係性を捉えた文ベクトルを学習するといった手法まで、さまざまなものが提案されています。

それら文ベクトルの計算によって、文の特徴を表現する文ベクトルを得ることができます。例えば「今日の天気は晴れです。」「明日も晴れるでしょう。」「短歌をつくるのは難しい。」と三つの文があったとしましょう。これらの文ベクトルを計算することで、天気について表現した最初の二つの文は似ていると判断され、短歌について表現した最後の文との距離は遠くなる、といった、文の意味するところを考慮した表現を得ることができるのです。

文ベクトルは、さまざまな場面で応用することができます。例えば、ＳＮＳ投稿の感情分析や、ある商品に対するレビュー文のポジティブ・ネガティブ判定では、文の内容を数値で表現する文ベクトルがそれらの処理に効果を発揮します。ほかにも、質問応答システムにおいて、利用者の質問とデータベース内の文の類似度を計算し、関連する回答を効率よく見つけ出すために用いることが可能です。

単語から文へと複雑さを増していく言葉についても、それらを数値の集合体であるベクトルに変換することで、コンピュータは効果的に処理する能力を獲得します。

文章を生成する「言語モデル」

突然、誰かがあなたに「猿も木から？」と問いかけたら、ほとんど反射的に「落ちる」という言葉が浮かびませんか。「石の上にも？」と問われたら「三年」ですし、「一寸先は？」「闇」です。このように、私たちには自然と出てきてしまう言葉の続きとも言えるものがあります。

さらには、ことわざのような慣用的な表現でなくても、例えば「今日の天気は」という文の断片に対して、私たちは「晴れです」や「雨です」といった具体的な続きを予測できます。このように、私たちには与えられた文脈からそれに続く言葉を想像する、文章を生成するための能力が自然と備わっています。

そしてこの「文章生成」能力は、人間だけの特権ではありません。AIは、大量のテキストデータから言葉のつながりが表すパターンを学習することで、人間のように文章を生成する能力を身につけています。そうした文章を生成することのできるAIを「言語モデル」と呼びます。

この「言語モデル」は、その名の通り、私たちの普段使う言葉をモデル化したもの――つまり、実際の言語と似るようにつくられた「模型」です。そしてこの模型の中では、確率の考え方を使って言葉を扱っています。言語モデルは、入力された文章の文脈に基づいて、次にくる可能性のある言葉を予測することができるのです。

次にくる言葉を予測する

「今日の天気は」というフレーズを言語モデルに入力した場合、このモデルは入力された内容から、続く可能性のある言葉を予測します。

「今日の天気は」に続く言葉……例えばそれは「晴れ」「曇り」「雨」「暑い」「寒い」といった、天気に関する語になるでしょう。あるいは「昨日（より寒い）」「あの（日のことを思い出させる）」といった、天気とは直接関係はないけれど、後に続きそうな言葉かもしれませ

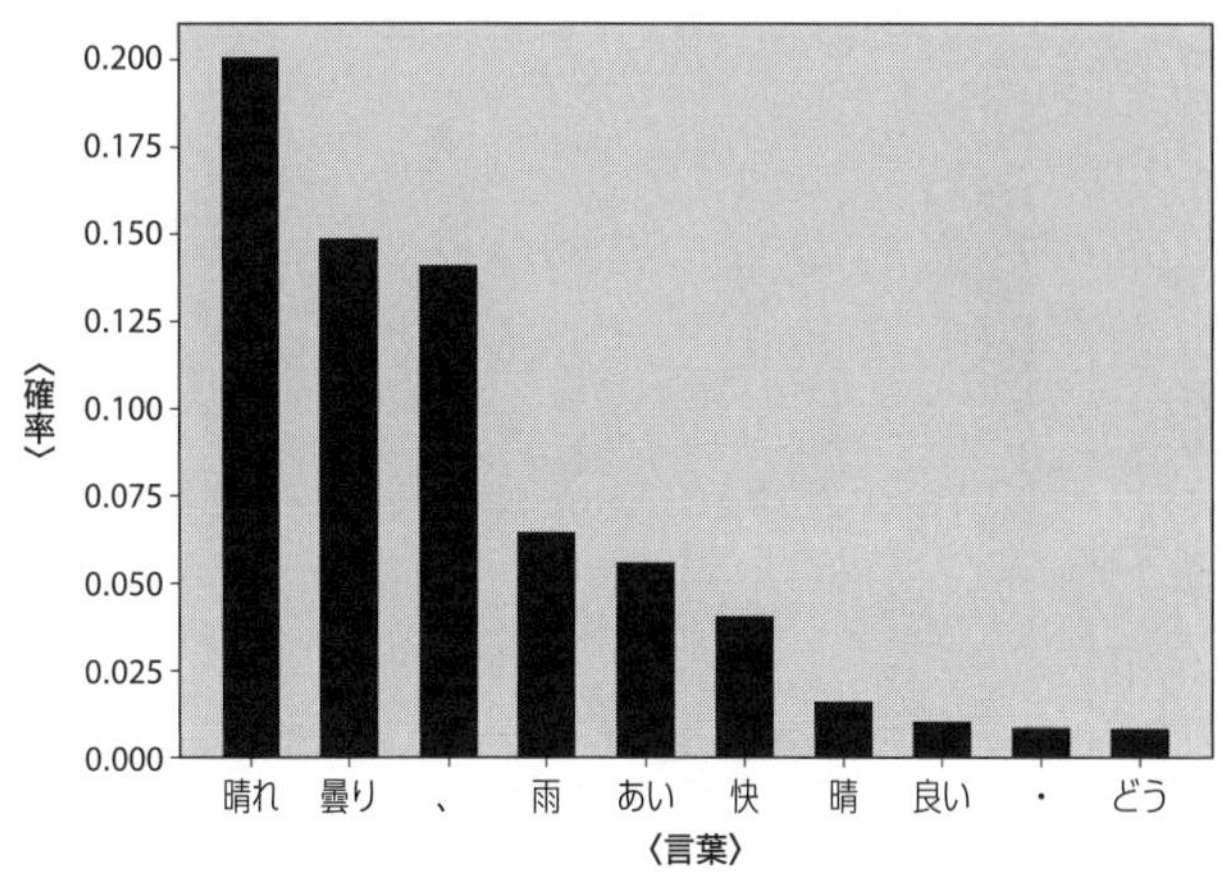

図0-4　「今日の天気は」の次にくる言葉と確率

ん。このような「言葉」のそれぞれに「入力された文章の次にくる言葉として出現するであろう確率＝生成確率」を計算します。このような過程を経て文章を生成できるのが「言語モデル」なのです。

実際に、手元にある言語モデルで文章を生成してみます。「今日の天気は」と入力すると、次にくる言葉の候補として、確率の高い順に「晴れ」「曇り」「、」との結果を得ました（図0－4）。やはり、天気に関連する言葉に高い確率が割り振られているのがわかります。

次に、「今日の天気はあいにくの」と入力してみます。すると、「雨」が最も高い確率で予測され、「曇」「天気」と続きます（図0－5）。ここでは、「あいにくの」という表現

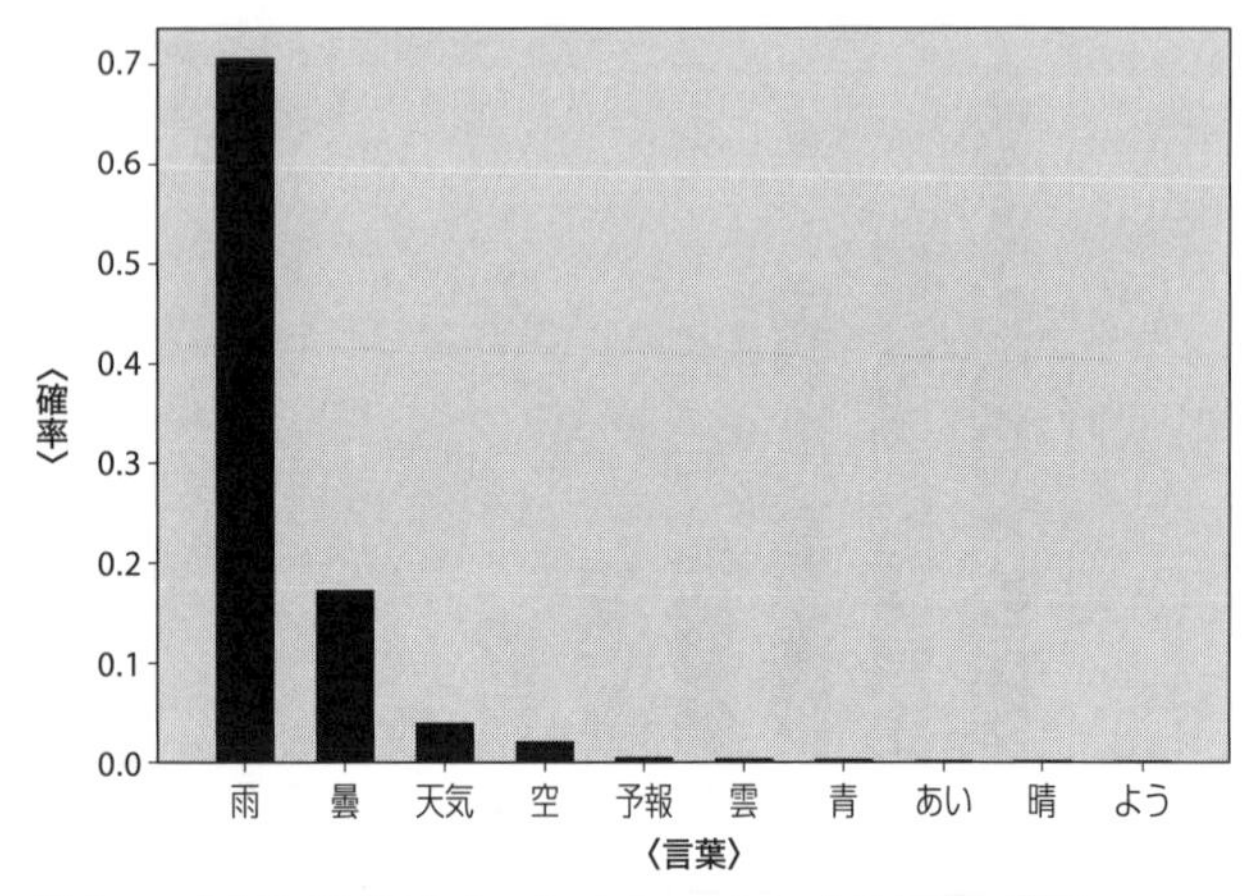

図0-5　「今日の天気はあいにくの」の次にくる言葉と確率

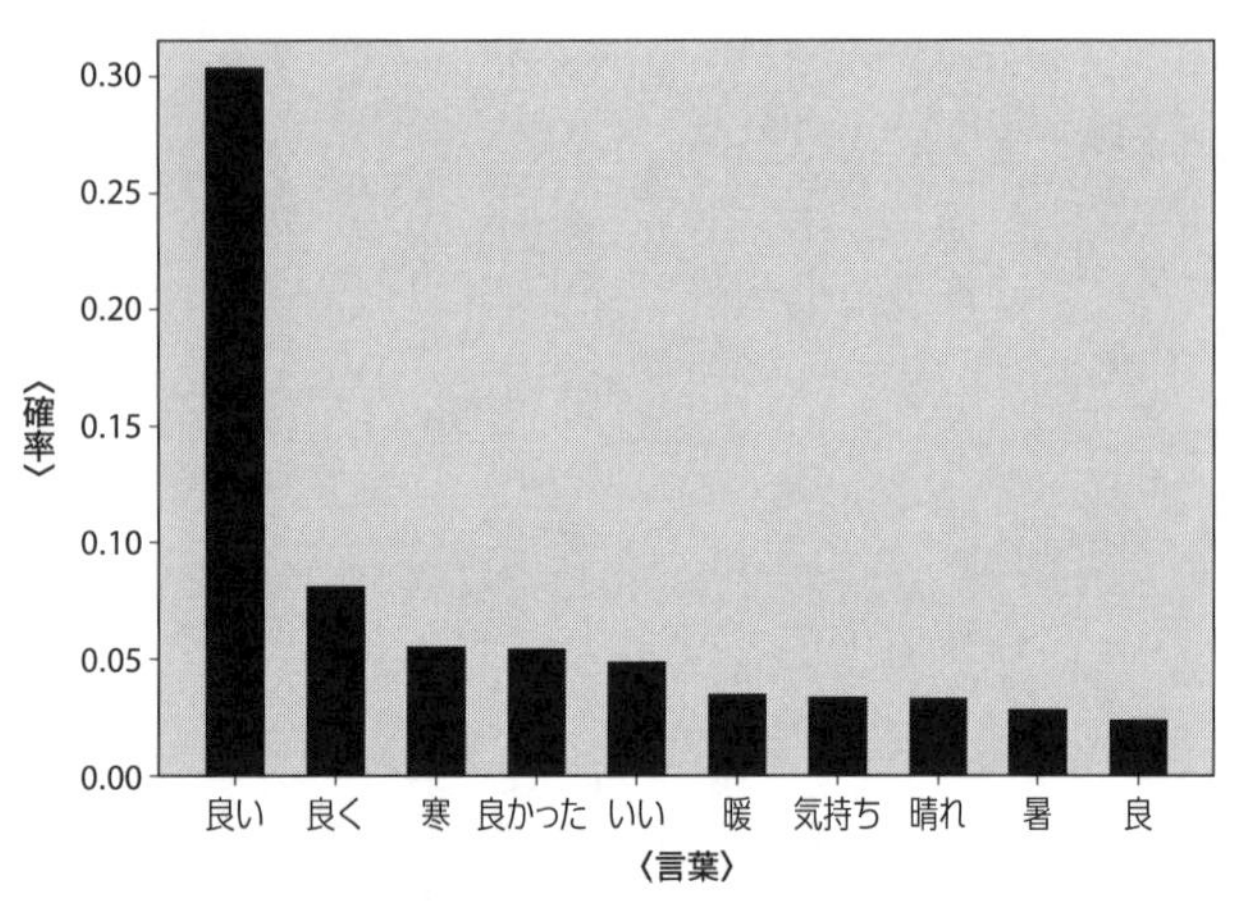

図0-6　「今日の天気はとっても」の次にくる言葉と確率

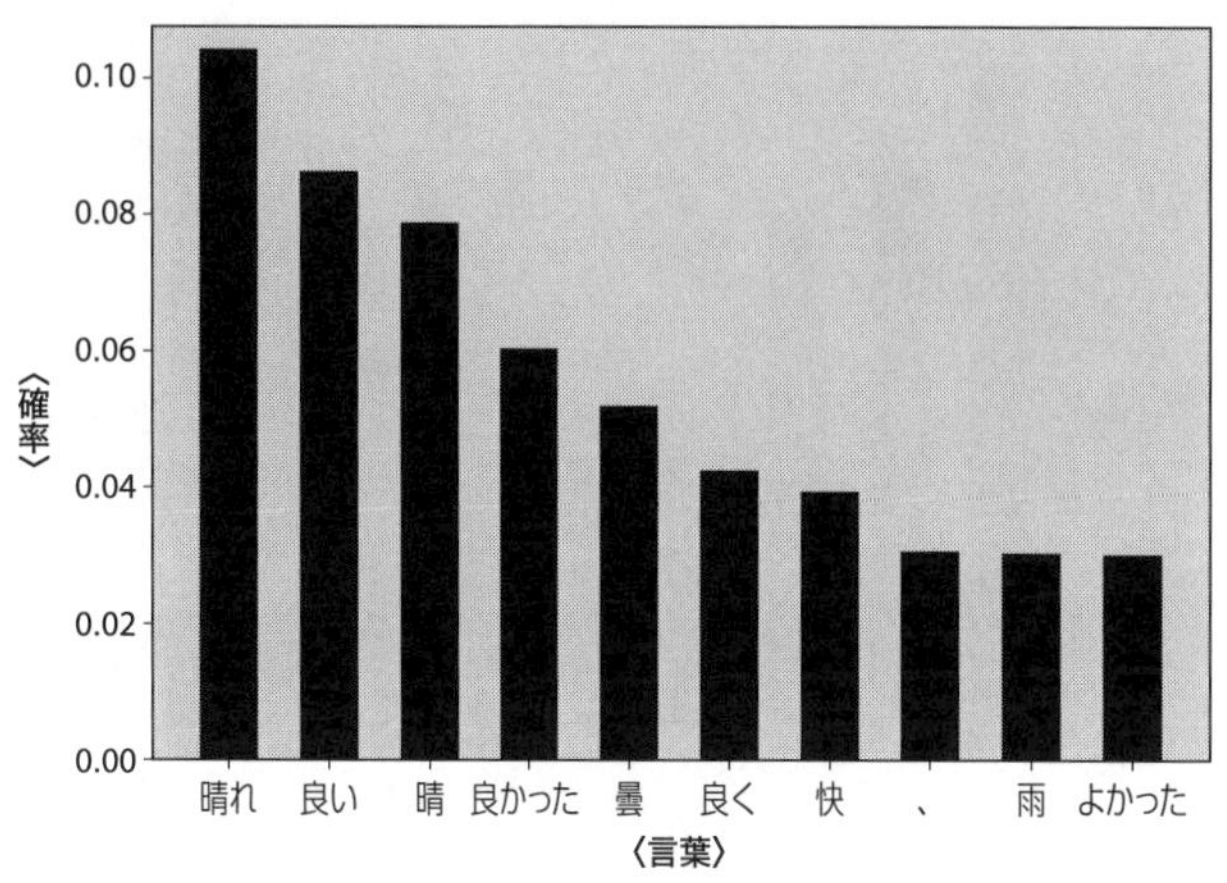

図0-7 「今日の天気は意外にも」の次にくる言葉と確率

が「雨」の予測を高める要因となっていることが明らかです。

では、「今日の天気はとっても」と入れると、どうなるでしょうか。「良い」「良く」「寒」「良かった」「いい」という結果が計算されました（図0－6）。この場合、「とっても」という言葉がポジティブな影響を与え、その結果が予測候補に反映されています。

もう少し複雑な文脈を持った入力についても見てみましょう。例えば「今日の天気は意外にも」と入れてみます。すると、候補の上位に「晴れ」「曇」「雨」のいずれをも含む結果が計算されます（図0－7）。確かに、「意外にも」と言われたところで、それ以前の文脈がわからなければ、「意外」がどんな天気なのかはわからず、この後になんと続ければよ

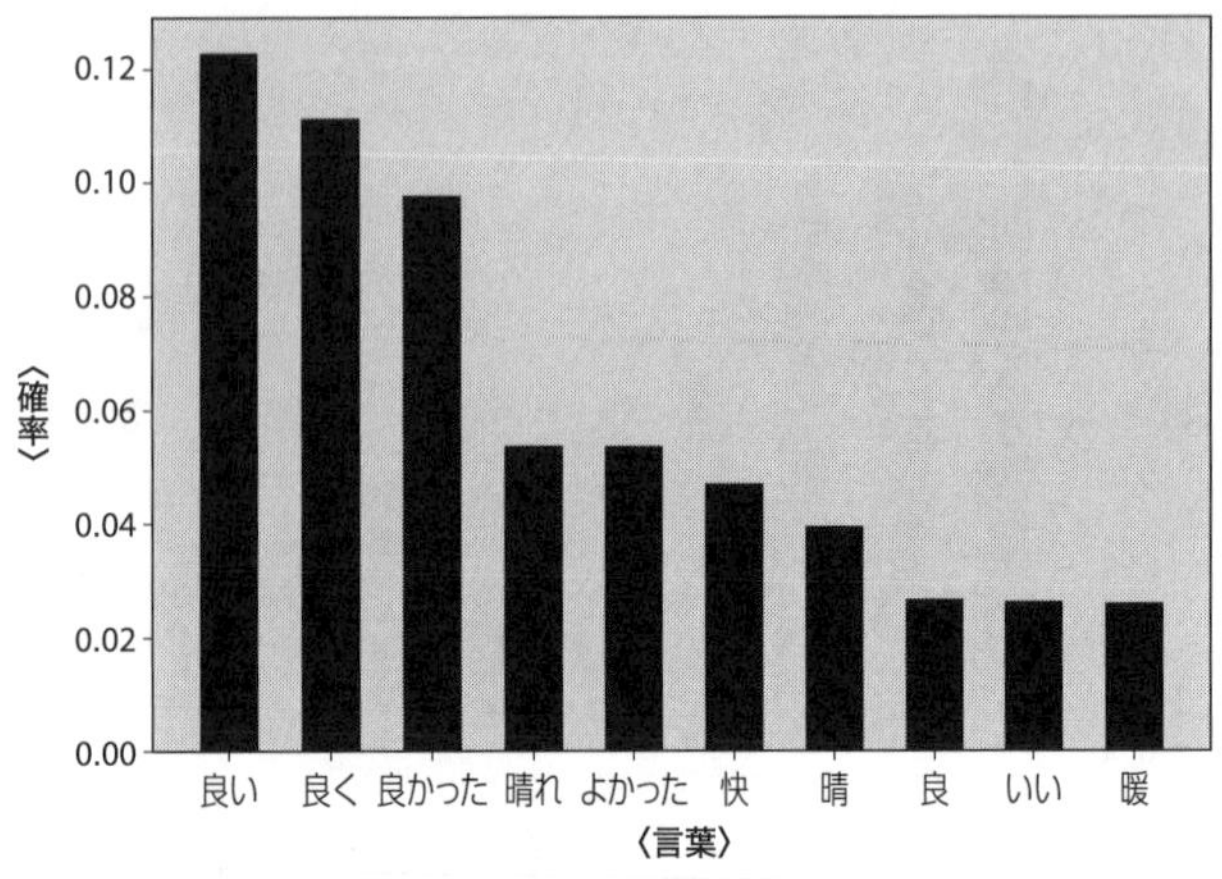

図0-8　「昨日まで雨だったが、今日の天気は意外にも」の次にくる言葉と確率

いものか、迷ってしまいます。

そこで「昨日まで雨だったが、今日の天気は意外にも」という文を入力してみましょう。すると、「良い」「良かった」「晴れ」という語が上位にきて、先ほどの「曇」「雨」という語がなくなりました（図0－8）。このような、論理的とも言える文脈にも対応しながら、言語モデルは次にくる言葉の確率を計算すること＝「言語のモデル化」ができていることがわかります。

また逆に、「今日の天気は」の後に「うどん」だとか「階段」だとか「魚」だとか、文脈からの流れが不自然となる、その後に続かなさそうな言葉に対しては、低い確率が計算される、ということが言えます。

しかし、言葉はもっと自由なものだと考

える人もいるでしょう。「今日の天気はうどん日和だ」や「今日の天気は階段の影をくっきりと見せている」「今日の天気は魚の腹のような銀色だ」といった表現がいくらでも可能であるのも、確かに語の連なりがつくる文章の持つ一つの特徴です。これは、言葉が持つ表現の可能性を示すものとして、創作においては特に重要となるでしょう。そうした、入力される文脈からあえて「ジャンプ」(飛躍)した生成についても、後の章で詳しく触れていきます。

文章を大量に読んで学ぶ

ある晴れた日。知り合いに「今日の天気は晴れですね」と言われたら、あなたは「そうですね」と素直に相槌を打つでしょう。一方、「晴れですね天気は今日の」と言われたら、いかがでしょう。耳慣れない表現に気持ち悪さを覚えて、なんと返答しようか躊躇してしまうかもしれません。どちらも同じ意味を持ちながら、一方はごく自然に、もう一方はとても不自然に感じられます。

日常生活で何気なく交わされる言葉ですが、その背後には今日まで続く人間のやり取りの積み重ねがあり、そこには自然な言葉のつながりといったものが存在しています。AIも人間のように言葉を扱うためには、この「言葉のつながりの自然さ」を計算できなくてはなりません。そしてその自然さを獲得するために、私たちの言葉の後ろに膨大な時間が流れているのと同じように、ＡＩにも大量の言葉を学習させる必要があるのです。

こうして流し込む大量のテキストデータは「コーパス」と呼ばれ、言語モデルの開発に欠かせない存在となっています。もっとも、コーパスはＡＩの開発にとどまらず広く言語研究のために活用されており、その歴史も古いです。

世界初の大規模なコーパスとしてよく知られたものに、１９６４年にアメリカのブラウン大学で作成された「ブラウンコーパス」があります。このコーパスでは、文学作品、新聞、学術論文など、さまざまなジャンルから１００万語を超える英語テキストを集めています。日本語においても、書籍はもちろんのことブログやネット掲示板に法律まで含めた１億４３００万語のデータからなる「現代日本語書き言葉均衡コーパス」や、話し言葉を言い直しや言い淀みも含め詳細に記録した「日本語話し言葉コーパス」などがあります。最近では、インターネットから収集された膨大な記事からなる、非常に巨大なコーパスが言語モデル開発に用いられています。さらに、そうした巨大なコーパスから、学習のノイズとなるデータを取り除く研究も進められています。これらのコーパスは、人が実際に残した言葉を集めているので、言葉の自然な使われ方や、そのなかにある知識を表現する貴重なデータと言えます。

人間によって書かれた・話された言葉を集めたコーパスを学習することで、言語モデルは人間らしい自然な言葉のつながりを獲得し、またそれを再現できるようになります。AIの言語能力は、私たちが今まさに話し、書いている言葉がつくっているとも言えるでしょう。

この記事は実在しません

朝日新聞社メディア研究開発センターでは、2020年に「#この記事は実在しません」という言語モデルのデモンストレーションを公開しています（https://cl.asahi.com/api_data/gpt2-demo.html）。これは人名や都市名、書籍名などの入力から、言語モデルがそれらに対する説明文を生成するというものです。例えば「細川 近治」という入力から、次の文章が生成されます。

入力　細川 近治
生成　細川 近治（ほそかわ きんじ、1948年5月9日―）は、日本の科学技術評論家、東京理科大学教授。石川県金沢市生まれ。金沢美術工芸大学卒業。朝日新聞社に入り、科学写真部、科学部記者を経て東京理科大学教授に就任。1998年『宇宙船地球号を降りたコウモリ』を出版、芸術選奨文部大臣賞受賞。

いかがでしょう。まるで本当にいそうな人物の情報を生成している、と感じられるのではないでしょうか。他にも、いくつか例を見てみましょう。

入力 サンボディノスの崖

生成 サンボディノスの崖（サンボディノスのがけ）は、ナポリのサン・ボディノス・クラブの崖である。この崖は、ナポリの中心であるランゴン・ディ・ムルシア近くの絶壁上にある。海抜は約6メートル。崖上の建造物には、サン・ボディノスの家の紋章があしらわれている。

入力 引導局

生成 引導局（ひきどうきょく）は、日本の総務省に置かれる大臣官房の一つで、各種許認可等の行政事務を処理する。2020年（令和3年）7月1日現在の配置、情報通信技術に関する企画立案等を行う「企画院」と、情報技術の効果的な利活用を推進する「戦略室」に分かれて業務を行う。

入力『うたが聴こえてくる』

生成『うたが聴こえてくる』は、１９８４年１月９日から同年３月29日までフジテレビ系列局で放送されていたフジテレビ製作の情報番組である。当時話題になっていた男女の恋愛に関するトーク番組。司会は、当時アイドルだった森高千里が、毎回のように男女間の関係や本音を突っ込んで問いかけていた（男女の会話がそのままではありえない関係だったとして、森高も多少ハラハラさせられたことがあったと語っていた）。また、番組中での男女の会話のシーンは、通常のトーク番組と比べてかなりズレており、また、同時間帯で放送されていた『スチュワーデス・ストーリー』や『ＦＮＳ　ＳＯＵＬ』に比べると、明らかに男女の会話のテンションが違っていた。

ＣｈａｔＧＰＴのような最近のモデルの生成と比べると細かい点に矛盾などが感じられますが、２０２０年当時でもこれだけの文章を生成することができていました。しかしなぜ、こうして未知のものに対する情報を生成することができるのでしょうか。

実はこの言語モデルは、「フリー百科事典　ウィキペディア日本語版」の記事を「コーパス」として学習することでつくったものです。ウィキペディア日本語版の記事は「タイトル」が先頭にあり、それに続いてその内容を説明する文章が続きます。ですから、例えば「人名」らしいタイトルであればその人に関する説明文を、「地名」のようなタイトルであればその場所について紹介する文章を生成します。入力された文脈に合う「学習したコーパスとして自然、つまり日本語ウィキペディアらしい自然さを持ったテキスト」を生成することができるのです。

記事の「見出し」を生成するAI

先ほど見たように、言語モデルは「人によって書かれたり話されたりした言葉を集めたコーパスを学習することで、入力に与えられた文章の続きを生成することができる機械」と考えられる訳ですが、さまざまな言語表現やタスクに特化した学習を行うことで、よりその問題に対して賢く振る舞うことが可能となります。

皆さんもこれまでに、インターネットで自分の書いた日本語を他の言語に翻訳したり、SNSに流れるコメントを日本語に翻訳して読んだことがあるかもしれません。その背後にも言語モデルが動いていて、異なる言語の対訳を集めたコーパスを学習することで翻訳文を生成しています。

朝日新聞社メディア研究開発センターで開発している自動要約生成API「TSUNA

（ツナ）」では、入力された文章をうまく要約しながら「見出し」を生成する言語モデルを作成しています。この言語モデルは、記事と見出しのペアを学習データとして、入力される文章をどのように要約して短いテキストにするかを学んでいます。

例えば、「この度、新刊『歌になる公共空間』が発刊されました。ベテランから新鋭まで多彩な歌人が、青春を過ごした図書館や足繁く通う文化会館、日常の散歩コースである公園など、思い入れのある〈公共の場〉を題材に短歌を綴っています。このアンソロジーは、私たちの日常に溶け込む公共的な空間に対する新たな視点を提供し、読者に〈社会に開かれた場所〉とその中にいる〈私〉の関係を再考させるものです。……」という記事を与えてやると（架空の記事です）、次のような複数の異なる見出しや要約文を生成することができます。

・新刊『歌になる公共空間』
・「歌になる公共空間」　日常に溶け込む公共的な空間に新視点
・この度、新刊『歌になる公共空間』が発刊された。日常に溶け込む公共的な空間に対する新たな視点を提供し、読者との関係を再考させる。

新聞記事の見出しや要約文は、それが紙面に載るのか、スマートフォンに表示されるのか、はたまた電光掲示板に流れるのか、によって適切な長さが異なります。このような載るべき場所に応じた文字列の長さも考慮しながら、自動で記事の見出しを生成することができるのです。

文の空白を埋める

これまで、「文章を生成する」言語モデルについて見てきましたが、「□（空欄）を埋める」言語モデルも存在します。これは、ちょうど穴埋めドリルのように、文章中にある□部分を、前後の文脈を考慮して推測することのできるモデルです。

このモデルも、大量のデータを学習することで□部分を埋める言葉を計算する能力を獲得しています。またそれが、まるで知識を持っているかのように振る舞うというのも、面白い点として挙げられるでしょう。

先ほどのｗｏｒｄ２ｖｅｃにも似ているように感じられるかもしれませんが、このモデルはさらに複雑なニューラルネットワークの構造を持ち、より長い文脈を扱うことができます。また、例えば「アマゾン」のような、それが森林を表すのか、それともオンラインショッピングサービスを指すのか、複数の意味を持つ単語に対しても、前後の文脈から適切に表現を得ることができます。さらには、単語にとどまらず、文全体の意味を捉えるこ

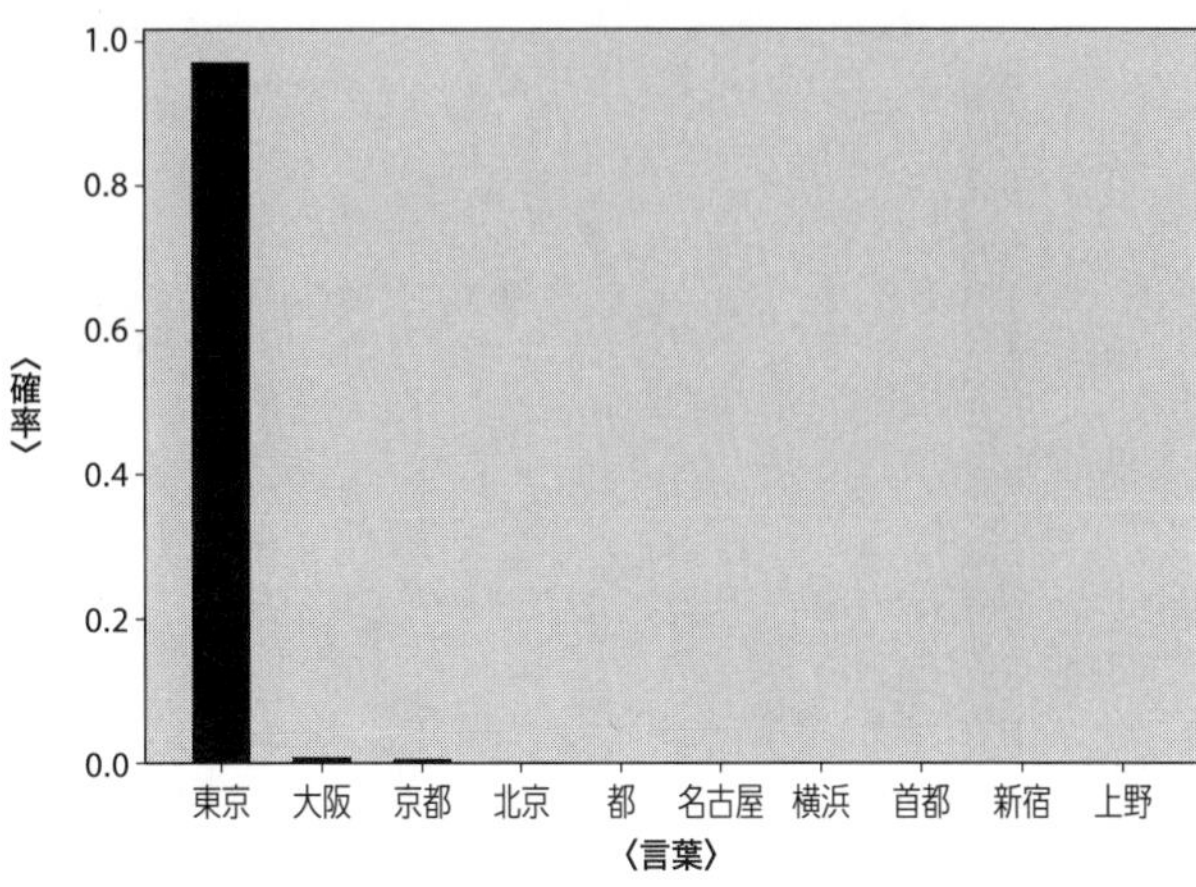

図0-9　「日本の首都は□である」の□に入る言葉と確率

とも可能です。

ここで、このモデルに「日本の首都は□である」という文章を入力してみます。この□部分は事実上「東京」なわけですが、実際のモデルも100％に近い確率で「東京」という語を候補に挙げ、これを知識として持っている（ように見える）ことがわかります（図0－9）。

ここで面白いのは、「大阪」「京都」、はたまた「北京」といった地名にも、わずかながら確率が与えられている点です。言語モデルはその仕組み上、モデルが持っている語のすべてに対する確率を計算することができます。つまり、言語モデルの生成のさせ方によっては「間違い」を生んでしまう場合も十分にありうる、ということがここからわかるで

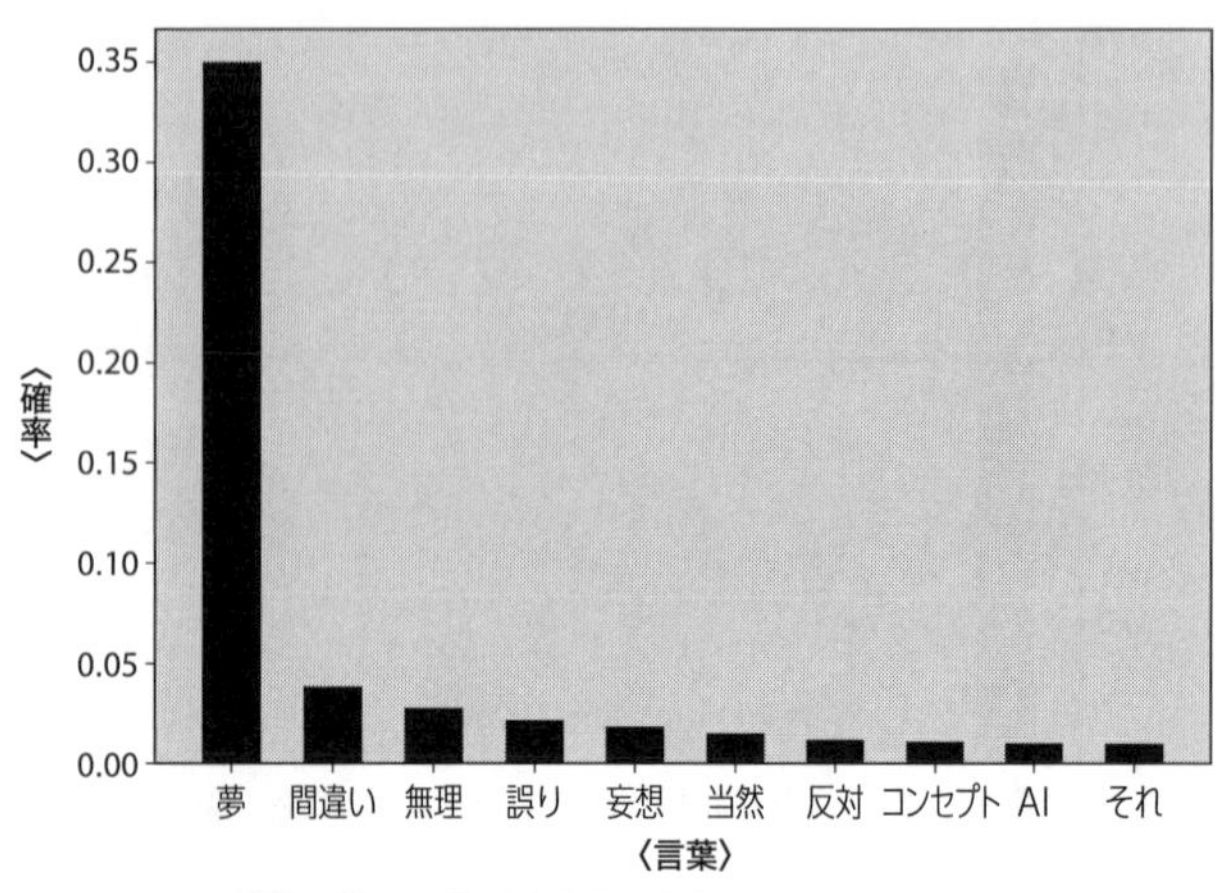

図0-10 「短歌をAIで学ぼうというのは□である」の□に入る言葉と確率

しょう。またそれは、私たちにとっては「東京」でしかない答えであったとしても、言語モデルにとっては「大阪」となる世界がとても小さな可能性として見えている、と言うこともできるかもしれません。

ほかにも、何か文章を入れてみたいと思います。この本の内容にちなんで、「短歌をＡＩで学ぼうというのは□である」という入力ではどうでしょう。「夢」「間違い」「無理」「誤り」「妄想」「反対」……辛辣とも言えるような言葉が並んでしまいました（図０－10）。「学ぼうというのは」という表現で、ネガティブな語を誘っているとも考えられますが……（試しに「短歌をＡＩで学ぶのは□である」とすると、「初めて」「初」「異例」という言葉が並びました）。

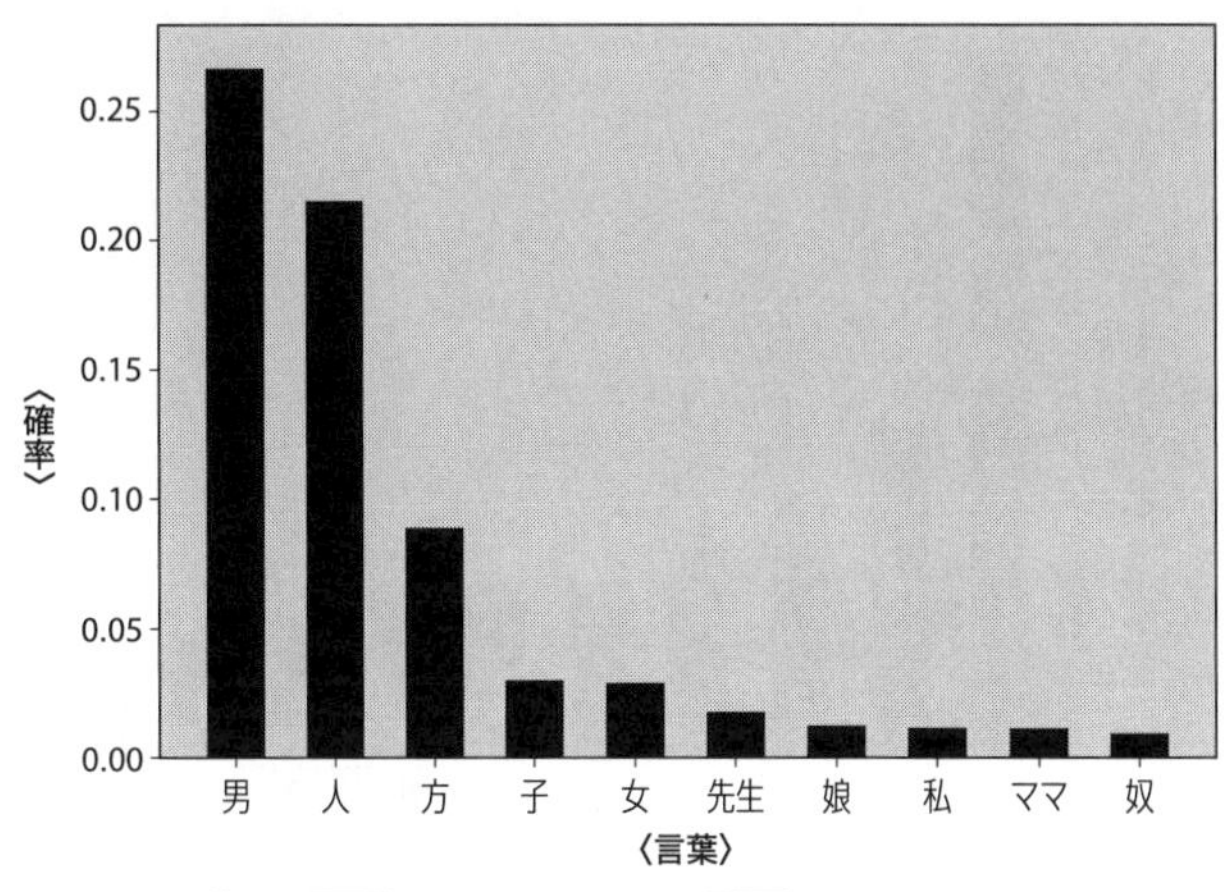

図0-11 「あの□は医者である」の□に入る言葉と確率

一方で、一見この本の主張とは逆に感じられるような言葉をいまここに堂々と書けるのも、言語モデルが生成したおかげ、と言うことができるかもしれません。モデルがあるからこそできた表現とも言えるでしょうか。そういったAIがあるからこその役割や使い手との関係についても、あとの章で扱っています。

さてここで、「あの□は医者である」「あの□は看護師である」という二つの文章を入れてみます。結果を見ると、医者では「男」に高い確率が与えられ（図0－11）、「看護師」の方では「彼女」「娘」といった女性を表す言葉に高い確率が振られているのがわかります（図0－12）。本来、職業と性別は結びつくべきものではありま

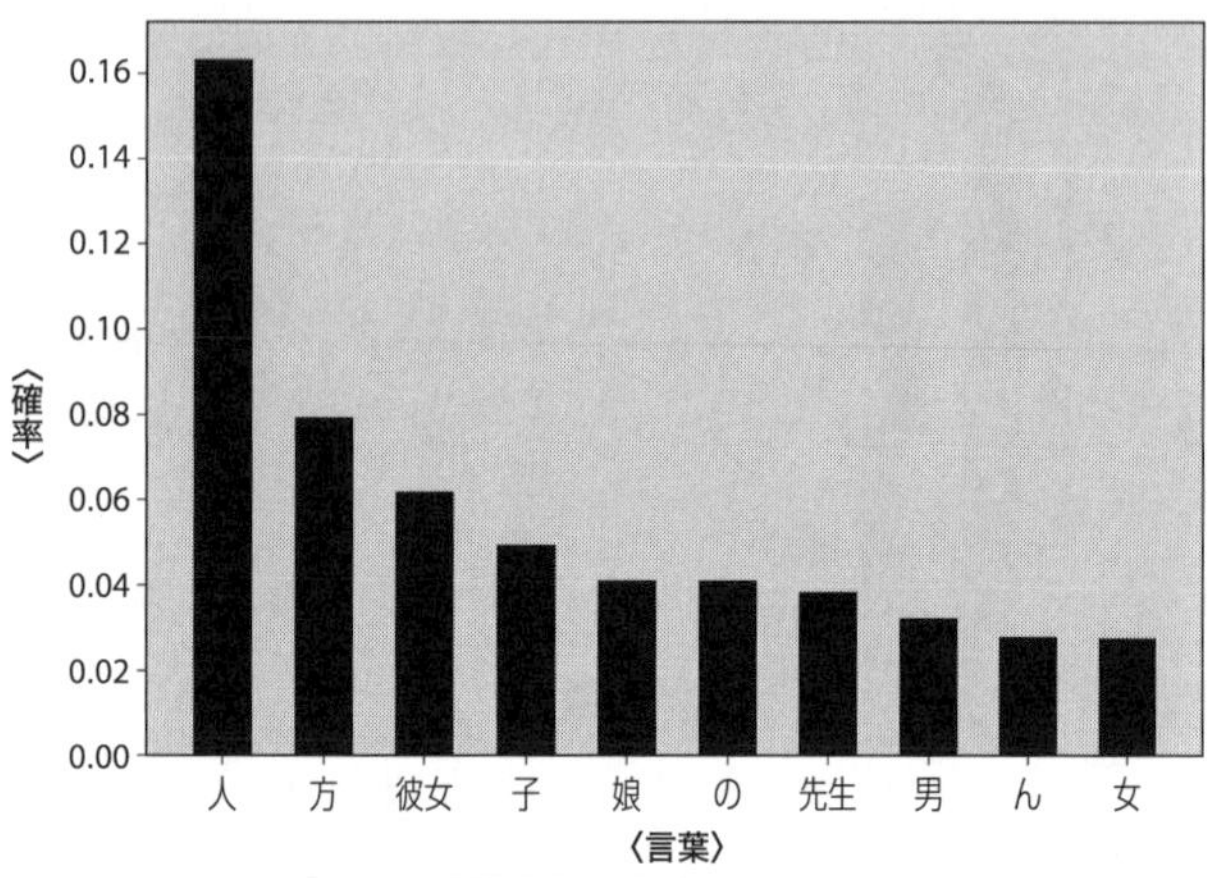

図0-12　「あの＿＿は看護師である」の＿＿に入る言葉と確率

せんが、言語モデルがジェンダーバイアスを持っているかのように見えてきます。

このように、言語モデルは学習データに潜んでいるバイアスを再現することがあり、近年ではそれを補正するための手法も研究されています。

「穴埋めにどんな言葉が入りそうか」という形式は、ちょうど私たちもクイズなどでその人の知識量を測るために用いることがあります。それをうまくこなす言語モデルが賢く見えるのは、当然のことかもしれません。

しかしそれはまた、言語モデルを形づくるデータの持つ偏見までを露わにするものでもありました。言語モデルの生成する言葉の背後には、さまざまなバイアスを抱えた私たちの社会がある、と考えることもできます。そうした言語モデルの振る舞いを見ると、私たちも「そこにどんな言葉が入るか」を考える時にはあらゆる可能性を考慮して、分け隔てのないたくさんの候補を持てるようになりたい、と思えてきます。

「[穴埋め式]世界ことわざ辞典」

私たちは以前、この前後の文脈から空白を埋める言語モデルを使って、「[穴埋め式]世界ことわざ辞典」という作品をつくったことがあります。これは「日本語を学習した言語モデルに、海外のことわざの穴埋め問題を解かせることで、新たなことわざを生成する」というものでした。

例えば「美しいものが美しいのではない、好きなものが美しいのである」という、イタリアのことわざがあります（あるそうです）。これを「美しいものが美しいのではない、［　］なものが美しいのである」として、日本語を学習したモデルで穴埋めをします。すると、「ダメ」や「もっとも」といった言葉がそこへ収められ、新たなことわざが生まれていきます。

・美しいものが美しいのではない、［だめ］なものが美しいのである

・美しいものが美しいのではない、ダメなものが美しいのである
・美しいものが美しいのではない、すてきなものが美しいのである
・美しいものが美しいのではない、もっともなものが美しいのである
・美しいものが美しいのではない、きれいなものが美しいのである
・美しいものが美しいのではない、しあわせなものが美しいのである
・美しいものが美しいのではない、まれなものが美しいのである
・美しいものが美しいのではない、たしかなものが美しいのである
・美しいものが美しいのではない、ただなものが美しいのである
・美しいものが美しいのではない、おしゃれなものが美しいのである
・美しいものが美しいのではない、バカなものが美しいのである
・美しいものが美しいのではない、ましなものが美しいのである
・美しいものが美しいのではない、まじめなものが美しいのである
・美しいものが美しいのではない、結構なものが美しいのである
・美しいものが美しいのではない、正直なものが美しいのである

ことわざは、誰か一人の優れた作家によってつくられるといった性質のものではありま

せん。文化や習慣を同じくする集団の中で自然と発生し、伝わるものだと言えるでしょう。日本語のデータを学習した、日本語の自然な表現を再現する言語モデルが、初めて見るであろう海外のことわざでどのような穴埋めをするかによって、日本語話者が形成する世界が持つ価値観の表出を見ることができるのではないか、と思ってつくった作品です。

言葉だけを学習するということ

ＡＩは私たちの言葉を学習することで、単語や文の意味を考慮した表現を獲得したり、文脈に合わせた文章の続きを生成したり、さらには翻訳や穴埋めといった問題を解いたりすることができるのがわかりました。しかし、これらのＡＩは言葉だけを学習してつくられています。したがって、こうしたＡＩが言葉を処理している時、文字という記号とその奥にある実世界との結びつきを、私たちのように理解しているわけではありません。

例えば、「気持ちのいい雨」というフレーズをＡＩに読ませたとしても、ＡＩにとってこれは単に「気持ち」「の」「いい」「雨」という言葉の列にすぎません。ＡＩはこの言葉から、私たちであれば感じ取れるかもしれない、晴れた空の下できらきらと輝いている雨粒の視覚的イメージや、雨に濡れた道路の独特な匂いを感じることはできません。

このような、記号と実世界の実体やそれにともなう経験・感覚がどのように結びつくかという問題を「記号接地問題」と呼びます。この問題は、ＡＩが言葉の字面のみによって表される意味や文脈を扱うだけでなく、実世界にある実物との対応やその感覚までを身につけるという意味で、ＡＩに身体性を与える問題とも言えるでしょう。例えば、言葉とそれに紐づく画像を同時に学習することによって、ＡＩは言葉と視覚の結びつきを得ることができ、部分的に私たちの感覚を模倣することが可能となります。

言葉から言葉つむがずテーブルにアボカドの種芽吹くのを待つ　俵万智

これは俵万智さんの歌集『アボカドの種』に収められている一首です。陶芸家である富本憲吉の「模様より模様を造るべからず」という言葉と、水耕栽培しているアボカドから着想を得て生まれた歌ということですが、歌集のあとがきではまさに言葉から言葉を生成するＡＩとの対比についても言及されています。

言語モデルが生成する言葉とは異なり、人間の言葉には常に言葉を超えた何かが息づいているということを、この歌から静かに感じ取ることができます。次の章からはいよいよ〈短歌ＡＩ〉について書いていきますが、私たちの歌も決して「言葉だけ」から生まれるものではないと、いつも心に留めておきたいものです。

第1章　〈短歌AI〉とは何か

新聞社のつくる〈短歌ＡＩ〉

「新聞」という言葉から、皆さんはどのようなことを連想されるでしょう。

それは新聞紙そのものだったり（開くとあの独特な匂いがする）、早朝の配達員だったり（バイクの音が聞こえる）、はたまたスーツを着た記者だったり（ひょっとしたらタバコをくゆらせているかもしれない）と、どこか懐かしい、とまではいかないまでも、「新しくはない」雰囲気のモノやコトが多く思い浮かぶのではないかと思います。実際、新聞は古く、それなりに長い歴史を持っています。国内初の日本語による日刊紙の登場は明治3年ということですし、その前身であるとされる瓦版を考えれば、江戸時代にまで遡（さかのぼ）ることができます。

一方、「ＡＩ」は多くの人にとって、どこか未来的なものを想起させる言葉ではないでしょうか。実際はＡＩの研究も、コンピュータが登場して以来の長い歴史を持っていますが、それは発展を繰り返し、最近では生成ＡＩに社会の大きな関心が集まっています。多くの人にとってそれは、これから実現される未来をつくる革新的な技術の一つ、と捉えられているでしょう。

ここからは、その「新聞」と「ＡＩ」という、まるで対照的な二つの交差点である、新聞社がつくった〈短歌ＡＩ〉の話をしていきます。新聞社がなぜＡＩを？　それもなぜ短歌のＡＩを？　と、疑問に思われているかもしれません。しかし、短歌ＡＩは新聞社だからこそ、つくることのできたＡＩです。過去から現在まで続く、長い時間のなかで社会をつないできた新聞社におけるＡＩとは、またその中にある〈短歌ＡＩ〉とは何であるか、この章ではその全体像を説明します。

メディア研究開発センターというところ

私が所属する朝日新聞社メディア事業本部メディア研究開発センター、通称「Ｍ研」は、２０２１年4月に発足した研究開発組織です。ウェブサイトには「人工知能を始めとする先端メディア技術と、新聞社ならではの豊富なテキストや写真、音声などの資源を活用し、社内外の問題解決を目指すとともに、自然言語処理や画像処理をはじめとした先端技術の研究・開発を進めていきます」と書いてあるのですが、これはつまり〈新しいテクノロジーと新聞社ならではのデータを掛け合わせて、新たなモノをつくる〉場所であると言えるでしょう。

「新聞社ならではのデータ」と書きましたが、過去の記事をはじめとしたたくさんのデータの蓄積があるのが、新聞社の面白いところです。朝日新聞社は設立が明治12年と１５０年近く前に遡るわけですが、現在ではそのうちの直近約30年、１０００万ほどの記事がデジタルデータ化されています。30年の間に日本や世界で起きた出来事について、記事執筆の専門家である記者が残したテキストや写真を保有しているのです。そしてこれらのデータは日々社内で生まれ続け、今後も増え続けていくことでしょう。新聞社は、その時代時代の社会につながるデータが生産される場所である、と言えます。

そしてこのデータは、ＡＩをはじめとするテクノロジーを応用する際に、たいへん重要な資源となります。実際、序章でも紹介した自動要約生成ＡＰＩ「ＴＳＵＮＡ」では30年分の記事と見出しのペアを学習データとして、入力された文章を的確にまとめて見出しを生成する言語モデルを学習しています。また、文章の校正を支援する「Ｔｙｐｏｌｅｓｓ（タイポレス）」では、記者が記事を執筆する際に生まれる編集履歴を学習データとして、日本語の誤りを検知し修正候補を提示するＡＩを作成しています。

そのほかにも、紙面の画像から記事を自動でテキストデータ化する紙面復刻や、記者の取材テープなどを自動で文字起こしする技術、記事に関連する情報を視覚的に表現するデータビジュアライゼーションといったテーマにも取り組んでいます。Ｍ研は、「新聞社だからこそできる研究開発」の実践の場と言えるでしょう。

新聞とＡＩ、一見古いものと新しいものとの奇異な取り合わせのようにも見えますが、実はそれぞれが相互に影響し合い、これまでにない「新しい何か」をつくることのできる、非常にいい相性を持っているのです。

・TSUNA

自動要約生成API「TSUNA（Text SUmmarizatioN Application）」は、入力されたテキストを言語モデルによって要約し、編集業務で利用できる見出しや要約文を生成するものです。

TSUNAの大きな特徴として、生成する見出しや要約文の長さをコントロールできるという点があります。これは、新聞紙面やパソコン、スマートフォンなど、記事が掲載されるメディアによって文字数制限が異なるため、実用上必要な技術として開発されたものです。さらに、利用する状況に合わせ、同時に複数の候補を生成することもできます。生成された複数の見出しから、利用者が取捨選択した上でより良い見出しに修正をする、などのシチュエーションでの利用が考えられます。

・Typoless

Typolessは、文章の校正を支援するAIサービスです。新聞の膨大な校正履歴を学習させたAIは文脈を解釈し、「てにをは」などの助詞の誤りをはじめ、誤字・脱字・衍字（えんじ）がある箇所を検出した上で、どのような修正をすればよいかを提示します。

また、新聞社の校閲ルールが詰め込まれており、誤りやすい日本語・漢字・慣用句・専門用語などの修正候補を提示することもできます。いままさに書いている文章にもきっとどこかに間違いが潜んでいるかと思うのですが、これを明らかにしてくれるAIとして、社内外で活用が進んでいます。

メディアアートから新聞社に

そんな新聞社の研究開発組織で〈短歌AI〉をつくることになる私について、「はじめに」で簡単に説明しましたが、開発の背景としてここでもう少し詳しく書いておこうと思います。

私はいま、〈短歌AI〉の研究開発と短歌の実作のどちらもやっている人間、ということになります。しかし、そういった人は、私の知るところ〈短歌AI〉をつくり始めた2020年当時（まだChatGPTも公開されていません）には少なく、また、それを「仕事」としてやっている立場の人間というのは、いなかったように思います。なぜそうなったか、ということを説明するには、私が新聞社に来る前のことからお話しした方がいいかもしれません。

私は、今でさえ「AIをつくる」といったことに取り組んでいるので「元来理系の人間だ」と思われがちです。しかし、もともとは国語の教科書や授業が好きで、次の時間割りが算数だと思うと、どこか心が少し曇ってしまうような、そんな子供でした。「言葉」そのものやそれによって表されるものに、惹かれるところがあったのでしょう。当然、将来もいわゆる文系に進むものと思っていました。しかし、高校生の頃に出会ったメディアアートをきっかけに、考えが変わります。

メディアアートは本来、メディアやそれを形成する技術を題材にした作品をつくる芸術、ということだと思います。そういった性質から、例えばそれはビデオであったり、インターネットであったり、各時代で利用可能な、あるいは社会に大きな影響を与える新しいテクノロジーに触発され、常に形を変えているようなところがあります。

私が高校生の頃の日本のメディアアートは、特にセンサーやコンピュータによって音や光（映像）を制御する分野、という雰囲気がありました。具体的な作家名を挙げると、池田亮司、徳井直生、澤井妙治、黒川良一などで、人の手のみではつくることのできない音や映像を具現化していた人たちです。その、これまでに体験したことのない新しい刺激に取り憑かれていたのが17歳頃でした。ちょうど、自分の進路を文系と理系のどちらか一つに決めなければいけないという頃です。そこで私は、「これから面白いものをつくるには、コンピュータを動かしている裏にきっとある、数学みたいなこと？もわかっておいた方がいいかもしれない」と、ぼんやりした理由から理系へ進むことになります。

その後、大学では応用数学を専攻して、そのまま大学院に在籍していた頃、Ｑｏｓｍｏ（コズモ）というメディアアートや広告のためのアプリケーションを制作する会社に入ります。ここは、先ほど名前を挙げた徳井さん、澤井さんらが中心となってつくられた会社で、そこからしばらくはプログラマという肩書きで「プログラムを書いて、ものをつくる」ことを仕事にするようになりました。

最初に担当した仕事は、あるホテルのロビーにインストールした照明システムの開発で、人や音に反応するセンサーと連動して色や明滅のパターンが変化する、１００本以上のＬＥＤを制御するプログラムを書くというものでした。その後も、加速度センサーを使って車の動きに連動して音を生成するアプリケーションや、人の体の動きを映像や音へと変換するシステム、特殊なパターンが浮かび上がる洋服など、いろいろなものを対象とした、コンピュータによる表現を続けていきます。

しかし、もともと国語が好きだったような子供です。コンピュータを扱って映像や音をつくる、といったことをしながらも、だんだんと「言葉」に興味が向かいます。そこで、自然言語処理に関連した作品制作や広告制作に取り掛かるようになり、序章で説明した「意識の辞書」をつくったのもこの頃です。そして30歳を少し過ぎた頃、「ここで一度、言葉とテクノロジーということに、もう少し集中して向き合ってもいいかもしれない」と思い始めます。

　ちょうどその頃、メディア研究開発センターの前身である「朝日新聞社メディアラボ」が、自然言語処理分野の研究員を募集しているとの求人を目にしました。新聞社に研究開発組織があるということ自体、私もその頃はあまりよくわかっていなかったわけですが、新聞記事という「言葉」を日々生産している新聞社、そしてかつては二葉亭四迷や夏目漱石、石川啄木といった文芸にも関わる人たちがいた朝日新聞社の求人です。「これだ」と思い、応募することになります。

　運良く転職が決まると、先ほど紹介したTSUNAのような業務改善につながる研究開発に加えて、これまで仕事にしてきたような「テクノロジーの創造的な応用」も課題の一つとしてもらうことができました。ここで私は、「言葉」における原体験の一つである「短歌」について少し考えてみようと、「短歌を生成するAI」を試作してみることになるのです。それは、ちょうどメディアアートをやっていた頃と変わらない取り組みでした。「AI」という新しいテクノロジーを用いて、「言葉」を「短歌」という枠組みの中で考えていく、そしてそれらと「人」との関係を模索していく、そんな実践の始まりです。

まずは短歌を自分で学んだ

このような経緯で「短歌を生成するＡＩをつくってみようか」と思ったものの、それまで短歌をつくった経験は自分自身、ありませんでした。短歌に触れたことのない人間が、それを生成するＡＩをつくるというのは、その過程や結果を自身で評価したりする際に見通しが立てづらい上に、取り扱うべき課題といったものも、実際の短歌の作歌とは離れた想像上だけのものになってしまいます。「文化に対するリスペクト」と言ってしまったら少し簡単に聞こえてしまうかもしれませんが、短歌をＡＩによって生成するということについての、文化や歴史といった文脈も加味した肌感覚が必要であると考えました。

そこで私はまず「短歌をつくるとはいったいどういうことか」について考えられるようにするため、短歌の入門書をとにかく買い集める、ということから始めます。

実際に読んだ本を列挙してみます。永田和宏『新版　作歌のヒント』、木下龍也『天才による凡人のための短歌教室』、佐佐木幸綱監修『知識ゼロからの短歌入門』、東直子『短歌の不思議』、岡井隆『今はじめる人のための短歌入門』など。これらを読んでいくうちに、短歌のつくり方、基本的なルールはもちろんのこと、より具体的な表現の方法に至るまでを知識として獲得していきます。

短歌の入門本には、「現代の歌人がどういった歌を詠んでいるのか」が多く紹介されています。そこで、「いいな」と思った歌人の歌集を、少しでも気になるものがあれば買い集めていき、少しでも気になる歌があれば付箋を貼って、それらを読み返す、といったことを続けていきます。そうやってたくさんの実作者の考えや歌に触れるうちに、「これは自分でもつくれるんじゃないか」と、ＡＩをつくるだけでなく、自分も作歌を始めることになります。

つまり、ＡＩをつくりながら自分自身も短歌を学ぶ、ということを始めたのがこの頃でした。毎日一首は短歌をつくるように決めて、毎朝仕事を始める前や、週末には近所の喫茶店に長居をしながら、スマートフォンのメモ帳に自分でつくった短歌を溜めていきます。

そんなふうにしていくと、今度は自分のつくった歌をほかの人、できれば短歌について「わかっている」人に見てもらいたくなるものです。そこで、まずは新聞歌壇へ投稿すると（自社の歌壇への投稿は控えるように、ということもあり、当時の上長の了解をとって他紙の歌壇、東京新聞の「東京歌壇」東直子欄に主に送っていました）、いくつかつくったものが紙面に掲載されるようになりました。またそこからいわゆる短歌誌主催の新人賞へ応募を始めると、選考を通って雑誌に載ったり、箸にも棒にもかからなかったり、という経験を重ねていきます。短歌をつくる楽しさ、またそれに反応が得られるうれしさ、そして時には思うようにつくれないもどかしさを日々感じていくようになりました。

歌人と文化部「朝日歌壇」の協力

そうしてある程度、短歌という文化に触れることができた、と思うのと並行して、短歌を生成するＡＩも徐々に形ができていきます。

最初につくったモデルはとてもシンプルで、五・七・五の上の句を与えると七・七の下の句らしきものを生成するというものでした。入力に従って短歌が自動で生成されていく様子に、人手でつくるのとは違う感触があるのはもちろんのこと、独特の楽しさやおかしさがありました。このモデルをＭ研のチーム内で共有するとともに、東北大学の乾(いぬい)健太郎教授や東京工業大学の岡崎直観(なおあき)教授といった社外の研究者の方々の協力を得ながら論文にする、つまり言語生成研究の文脈に連なる一つの取り組みとしてこれを置き、また仕組みを他の人にも説明できる形にすることに着手していって、次に説明する最初の〈短歌ＡＩ〉がだんだんとできていきます。

そして、ちょうど同じ頃に、初代選者に石川啄木を持ち、１００年以上続く新聞歌壇である「朝日歌壇」を担当する文化部が、テクノロジーを使った企画を考えたいとのことで、まだデモンストレーションの段階であった〈短歌ＡＩ〉を紹介します。そこから、紙面での展開やイベント企画を考えよう、と話は進んでいき、短歌ＡＩを取り巻く世界は少しずつ大きくなっていきます。これらについては、後の章でより詳しくお話ししましょう。

　短歌AIをつくりはじめた当初に私が考えていたのは、「短歌を自動で生成するなんて、歌人や短歌を愛する人には嫌がられたり、怒られたりするのではないか」ということでした。しかし、これはどうも杞憂だったようです。歌壇の担当者をはじめとした社内の人々、実際に短歌をつくる歌人の方々、そしてそれに興味を持っていただいた読者の皆さんなど、短歌に関わるさまざまな立場の人とのつながりの中で、それまで朧（おぼろ）げだった〈AIが短歌をつくる〉ことの意味や意義といったことが見えてきて、〈人間が短歌をつくる〉という行為についてまでも、改めて捉え直していく試みとなっていくのです。

短歌AIができること

　短歌について知り、それを鑑賞して、つくりながら考えていたのは、「いい短歌をつくることは簡単ではない」という当たり前のことでした。一方で、その表現の自由さも感じていきます。

　短歌の創作というのは、当然ながら「こうすれば必ずいい歌ができる」という一つの決まったルールが存在して、誰もがそこへ向けて技を競うような行為ではありません。むしろ、制約は持ちながらも、そのなかでいかに自由で新しいことができるか、という行為であり、短歌の歴史はその積み重ねであるようにも感じます。

　そしてその短歌の積もる層に、「ＡＩによって生成されたもの」が薄くでも存在しているというのも、また一つの形なのではないかと思い至ります。

　そんなふうにしてできた〈短歌ＡＩ〉は、「与えられた入力をもとに、それに続く短歌を生成する」というモデルです。これは、今まで紹介してきた言語モデルと同じ仕組みで、続く言葉を「短歌の形」で生成するというものです。

入力　揺れている
生成　構造物があるとする場合に限り地震の揺れは

入力　揺れている光の中で
生成　見る夢は過去の出来事あるいは想起

入力　揺れている光の中で車たち
生成　人間が歩くようにも見える

これが、実際の生成です。いかがでしょうか、「揺れている」といった入力に対して、確かに五・七・五・七・七音、三十一文字の「短歌らしきもの」が生成できているように見えます。

入力が異なれば、生成される内容もそれに合わせて変化しているのが見て取れるでしょう。「揺れている」では「構造物があるとする場合に限り地震の揺れは」と、地震に関する説明的な内容を生成しています。続いての例では、「揺れている光の中で」と、少し詩的にも感じられる内容を入れています（何をもって「詩的」かはさておき）。すると、「夢」「過去」「想起」といった、詩的とも言えそうな語を引き連れて「短歌らしきもの」が生成されました。さらに最後の例に至っては、「車たち」が「人間が歩くようにも見える」と比喩的な表現にまで展開しています。

このように、入力された内容の表す文脈に従って三十一文字の生成を行うのが〈短歌AI〉です。このモデルが、どのようにして「短歌の形」、三十一文字の短歌をつくるか、については第2章で詳しく説明します。

歌人から学ぶ短歌AI

いま見た〈短歌AI〉の生成は、「構造物があるとする場合に限り地震の揺れは」だとか、「あるいは想起」だとか、どうも無機質というか、硬い表現のものが多いでしょう。
しかし、その後、歌人の俵万智さんや永田和宏さんの協力を得て、お二人の短歌を学習データにした短歌ＡＩをつくってみると、大きな変化が生まれます。歌人の方々の協力に関する経緯や詳細は後の章に譲るとして、ここではそれぞれの歌人のデータを学習したＡＩの生成例を見てみましょう。

入力 「寒いね」と話しかければ「寒いね」と
（「寒いね」と話しかければ「寒いね」と答える人のいるあたたかさ／俵万智　第一歌集『サラダ記念日』）

生成 言われたような言の葉がある
（俵さんのデータを学習した短歌ＡＩの生成）

入力 足元をゆっくりと陽は廻りゆく
（足元をゆっくりと陽は廻りゆく冬の陽射しのはかなきゆうべ／永田和宏　第五歌集『華氏』）

生成 闇の底にさびしき花が
（永田さんのデータを学習した短歌ＡＩの生成）

いかがでしょうか。どちらも、先ほどの味気ない生成とは違って、どこか「らしさ」を摑んでいるように感じられませんか。この学習データの変化による生成内容への影響については第3章で紹介し、そこから見えてくる、私たちが「読む」ことと「詠む」ことについても考えてみます。

言葉のつなぎ方は一つではない

これまでお見せした例では、一つの入力に対して一つの生成がありました。しかし、短歌AIの生成は入力に対して必ず一つに決まるものではなく、言葉のつなぎ方を変えることが可能です。どういうことかというと、ある一つの入力に対して、異なる生成を得ることができるのです。実際の例を見てみます。

入力 「この味がいいね」と君が言ったから
(「この味がいいね」と君が言ったから七月六日はサラダ記念日／俵万智　第一歌集『サラダ記念日』)
生成1 この店はまず成り立っている
生成2 俺もそれを言う理由がある

生成1は、どうも当たり前すぎると言いますか、入力として与えられた『『この味がいいね』と君が言ったから』が表現する文脈に沿いすぎています。一方で生成2では、「俺もそれを言う理由がある」と、入力で与えられた文脈から若干の「飛躍」が感じられます。これは、言語モデルから創作を考える際の重要な点として、なぜこのようなことができるのか、そしてここから私たちの作歌についてどんなことが言えるのか、第4章で取り上げます。

ところで短歌AIは、その生成の「速さ」も大きな特徴の一つです。例えばここまでで紹介したモデルは、約1秒の間に100首を生成することができます。このように人間と大きく違った作歌をする短歌AIですが、「速さ」だけではない私たちとの違いがきっとほかにもあるでしょう。人との「違い」を見ながら、私たちがこの短歌AIを使ってどんなことができるか、どのような付き合い方が可能か、といったことについて、第5章で扱います。

お題を詠む短歌AI

前項で見た短歌AIは、「与えられた入力（短歌の断片）をもとに、それに続く内容を生成する」というものでした。しかし、それとは少し違った形で短歌を生成するAIもつくっています。その一つに「与えられたお題で短歌を生成するＡＩ」があります。これは、「キーワード」と「テーマ」を入力として与えて、その内容をふまえた短歌を生成するというモデルです。

まずは、実際の入力と生成を見てみます。

キーワード ダンス
テーマ 心地好い、楽しい、仲良し、すこやか、瞬間
書き出し いつまでも

生成 いつまでも穏やかでいてくれるので一緒にダンスするときもそう

ここでは、「ダンス」という語を、その生成内容に必ず含む「キーワード」として設定しています。そして、「テーマ」として、生成に含めたい語と関連する語の集合を定義しています。すると、このテーマの語群に近い言葉が、生成される内容に含まれるようになるのです。上の例では「心地好い、楽しい、仲良し、すこやか、瞬間」といった語を与えています。最後に、「書き出し」として「いつまでも」を指定しています。

結果、得られた短歌は「いつまでも穏やかでいてくれるので一緒にダンスするときもそう」と、確かに「いつまでも」で始まり、「ダンス」という語を含み、テーマに指定した語と似た雰囲気を持つ言葉「穏やか、一緒に」を持った内容になっています。

このモデルは、２０２２年の夏に俵万智さんを迎えて開催したイベント「俵万智×ＡＩ恋の歌会」で用いたモデルです。イベントでは「恋」にまつわる短歌を生成するというお題があったのですが、ここで生成したのが次の歌です。

あたらしい恋の思いによるとこの恋にはスマホが存在しない

ここでは、キーワードに「スマホ」を設定し、テーマに恋愛にまつわる語「恋愛、青春、嫉妬、片思い、憧れ」を入力しています。いまの日常生活において、スマートフォンは人とコミュニケーションを取るのに欠かせないものになっています。当然、恋人といった大事な人とのやり取りにも利用されることが多いでしょう。そんな現代的なツールを題材にした恋愛の歌の生成を期待したのですが、ここでは「スマホ」をあえて「存在しない」とすることで、普遍的な人とのつながりを感じさせる内容が得られました。実際に、お題に即した歌が生成されているのがおわかりいただけるでしょう。

与えられたお題に沿って短歌を詠むことを「題詠」と言います。ここで紹介した短歌AIは、この題詠を自動で行う言語モデルと言えるでしょう。「題詠」への取り組み方には人によってさまざまな形があるかと思いますが、ここでは簡単に、キーワードとテーマを指定することでの短歌生成を試みています。結果、先ほどの入力された続きをつくるAIとは違った形での、短歌の生成を見ることができました。

質問に答えると短歌ができる

さらに、このモデルは広告キャンペーンでも応用されました。2022年の秋に私たちは、Dentsu Craft Tokyo（現Think&Craft）、Dentsu Lab Tokyoと協力して、普段言えない気持ちを花と歌（短歌）に込めて届けるウェブサービス「花と歌」を期間限定で公開しました。「利用者が贈りたいと思う相手に対して、花のイラストと短歌を合わせた画像を共有できる」というサービスで、短歌の創作を支援するためのAIとして、先ほどのお題を詠む短歌AIが利用されています（図1－1）。

利用者は❶贈りたい相手に関する質問に答える、❷質問への回答内容に沿った短歌一首が生成される、❸生成された歌を自由に編集する、という手順を通して短歌をつくることができます（図1－2）。これまでに一度も短歌をつくったことのない人でも、気軽に作歌

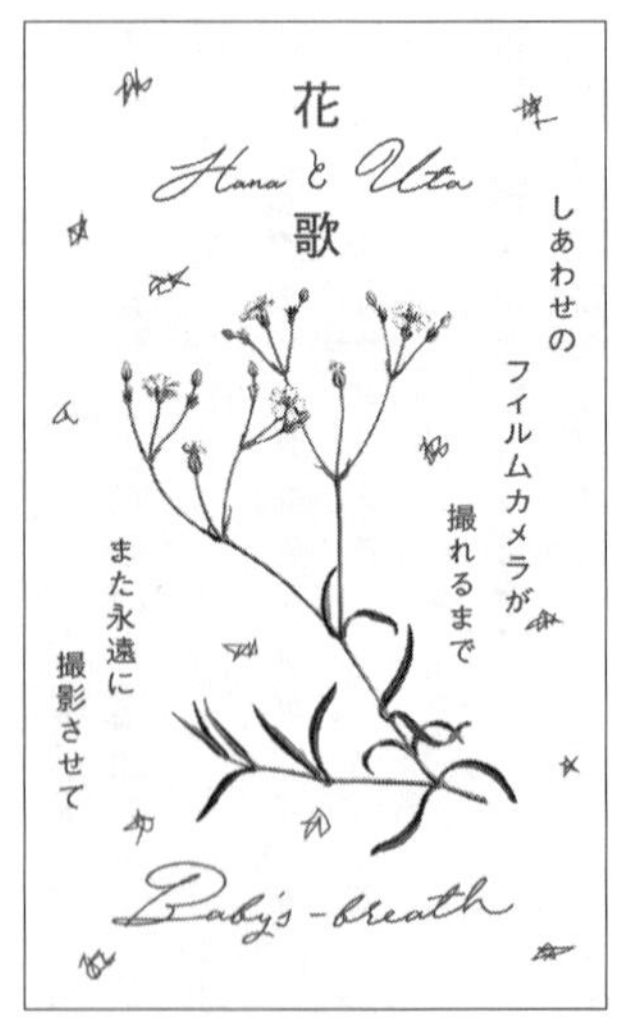

図1-1　花と短歌を届けるウェブサービス「花と歌」

を楽しむためのツールとして公開されました。

例を見てみます。利用者に対して以下の質問が提示され、これに答えていきます（❶）。

Q1 思い出に残っていることは？
Q2 思い浮かぶものは？
Q3 贈りたい花は？

Q1は、場所や風景、食べたものなどのカテゴリから一つを選択します。ここで選んだ内容によって、「テーマ」の語彙が変化します。例えば「場所」を選ぶと、「向かう」といった語がテーマとして与えられます。

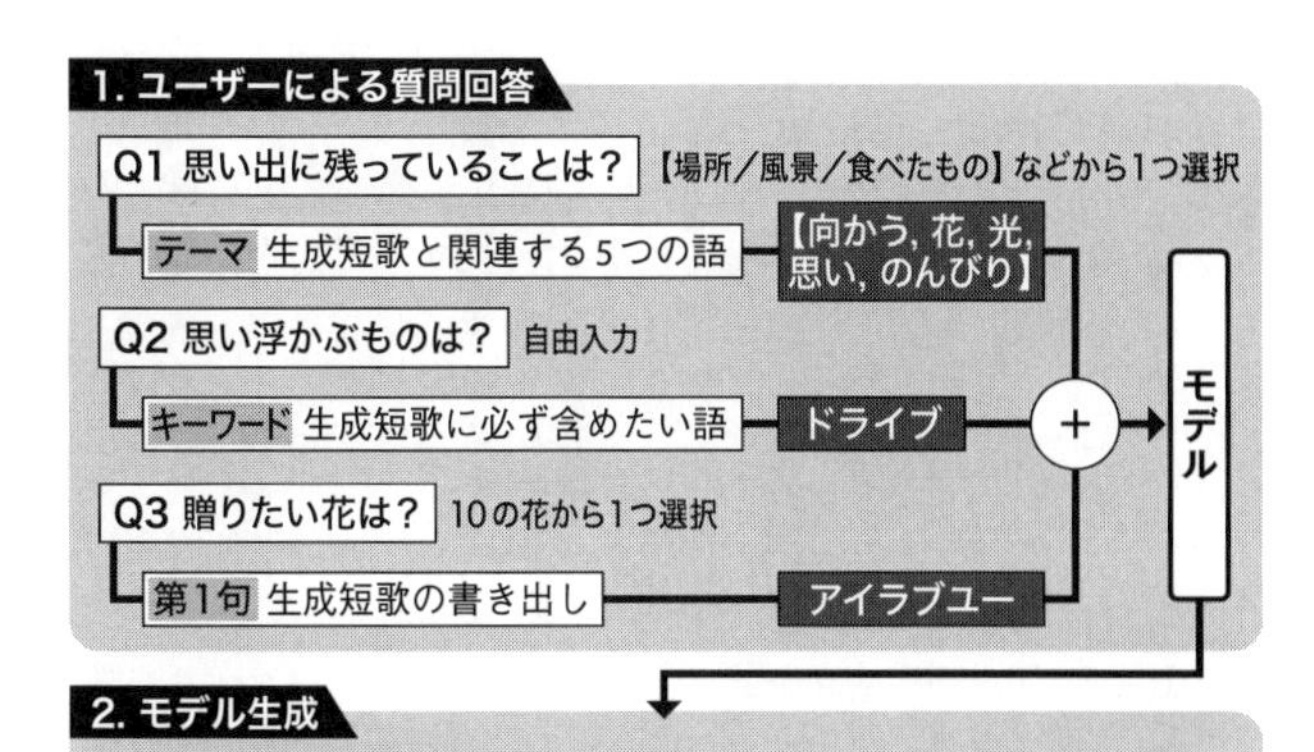

図1-2　短歌AIが作歌をサポートする仕組み

Q2は、相手との思い出から思い浮かぶものとして、自由な入力を受け付けます。例では、「ドライブ」という言葉を入力しています。

最後に、Q3として贈りたい花を選びます。ここで選んだ花の花言葉にちなんだフレーズが、短歌の書き出しに反映されます。ここではバラを選び、「アイラブユー」が書き出しに設定されました。

そして生成されたのが次の歌です（❷）。

アイラブユードライブしてた時のあのような気持ちで心ゆくまで

さらにこれを利用者が編集することで、例えば「アイラブユードライブしてた時のあのような気持ちで隣に座る」といった歌をつくることができます（❸）。

　実際にウェブサイトやワークショップを通じて多くの方に利用され、まだ短歌に触れたことのない人へ作歌の機会を提供するＡＩサポートツールとして、お題を詠む短歌ＡＩが応用されています。

連歌に参加するＡＩ

　２０２３年の10月には、「朝日歌壇」の選者でもある永田和宏さんとのイベントを開催しました。永田さんは、歌人として活躍される一方で、細胞生物学者としても多くの功績がある方です。事前の取材で〈短歌ＡＩ〉をお見せすると、強い関心を寄せていただくとともに、また違った応用の形を提案してくださいました。それが、「連歌」をするＡＩです。

　連歌とは、参加者の間で五・七・五の長句と七・七の短句を交互につけていく「座の文芸」とも呼ばれる歌の形式です。各参加者は、一つ前の人の句をもとに自らの句をつくります。この時、直前の内容とのつながりを感じさせつつも、新たな展開・変化を生む句をつけることが重要とされます。一人でつくる短歌とは違う、人と人との相互のやり取りのなかで言葉を発していく連歌ですが、ここに人ではないＡＩが加わると、いったい何が起こるでしょうか。

イベントに向けて私たちが用意したのは、一つ前の句の内容を手がかりにしつつも、新たなイメージを喚起させる次の句をつくるという指示を与えたＡＩです。イベントでは、参加者の方も交えながら、リアルタイムに句の生成に取り組みました。

実際の生成を見てみます。

発句（永田和宏さん）

魚河岸の匂いもなくて秋の風

2句（参加者）

手にはぶらりと三越の秋刀魚

3句（連歌ＡＩ）

炙り出す焼ける香りと遠き日々

なぜこの句をつくったか

秋刀魚の描写から、その焼ける香りを通じて過去の記憶や情景を思い起こす、という意味合いを込めています。遠き日々という表現は、時間の流れや過ぎ去った季節を象徴しています。

連歌AIをつくる際にはいくつものアプローチを試したのですが、ここに挙げたものはChatGPTに短歌の実例と連歌について教える指示文を与えることで、新たな句を生成させています。また、指示文には「なぜこの句をつくったか」という理由についても生成させるようにしています。

ここでは確かに「秋刀魚」から「焼ける香り」を導きつつ、そこからさらに「遠き日々」にまで思いを馳せるような内容が生成されています。また、この句を生成した理由についても、矛盾なく説明ができているように見えます。

一方で、前の句から新しいイメージを想起させる「飛躍」については、その生成の難しさも見られました。以下に示すのは、いずれも連歌AIによる「手にはぶらりと三越の秋刀魚」に続く3句目（五・七・五）と、「なぜこの句をつくったか」の生成です。

3句（連歌AI）

微生物の秋刀魚を宿し生命の舞

なぜこの句をつくったか

秋刀魚の描写から一転、その秋刀魚が微生物の宿主となり、生命の舞を描くという、現実とはかけ離れた想像力を働かせた表現を試みました。ここでは、秋刀魚の存在が微生物の生命を支え、それが一種の舞となるという幻想的なイメージを描いています。これは、人間の感覚や経験を超えた、ある種の神秘性や生命の連続性を表現する試みでもあります。

3句（連歌AI）

遥か彼方星々の舞に心躍る

なぜこの句をつくったか

前の連歌から一転、遥か彼方の星々の舞いに心が躍るという、現実とはかけ離れた想像力を働かせた表現を試みました。ここでは、星々の舞いが人間の心を動かし、それが一種の感動や興奮を引き起こすという幻想的なイメージを描いています。これは、人間の感覚や経験を超えた、ある種の神秘性や宇宙の壮大さを表現する試みでもあります。

これらの例は、前の句から離れることばかりを意識したせいか、どちらも飛躍が過ぎてしまって、逆につまらないものになっています。最初に挙げたものは、「秋刀魚」をそのまま引きながら、「微生物」や「生命の舞」といった全く異なるスケールの内容を展開しています。後に示したものでは、舞台は宇宙まで「飛んで」しまっていて、もはや前の句との関連が全くといっていいほど感じられません。

イベントは、ＡＩの生成を見ながら永田さんに直接コメントをもらい、参加者も含めて連歌について深く知ることのできる会となりました。前の句を受けながらさまざまな「続きの展開」を見せるＡＩが、これまでにない連歌の体験、「座の文芸」を提供しています。

短歌に出会うためのＡＩ

短歌は、つくるだけのものではありません。それを耳や目にして、感じる人間がいるからこそ、一千年以上も続く文化として今日にも存在しているのでしょう。自分ではない誰かのつくった歌に出会ったり、自分が過去につくった歌に再会したりする。そしてそこから、新しい発想を得たり、忘れていた感覚を取り戻したりして、それがまた新たな歌やその鑑賞につながる、そんな短歌の循環があるように思います。

つまり、「つくる」ということだけに焦点を当てると、見落としてしまう短歌の側面がきっとあります。ここで、これまで見てきた「短歌を生成するＡＩ」とは違う、「短歌に出会うためのＡＩ」をご紹介しましょう。

私たちは、２０２２年の夏に「朝日歌壇ライブラリ」というウェブサイト（https://www.asahi.com/special/asahikadan-library/）を公開しました（図１－３）。このサイトでは、朝日新聞の短歌投稿欄「朝日歌壇」の入選歌を検索することができます。

朝日歌壇は、前述のように100年以上にわたって続く新聞歌壇で、それぞれの時代に生活を送った人たちが詠み、投稿された歌を掲載してきました。これは、各年代、全国各地で詠まれた短歌が、積み重なった地層のようなものだと言えるでしょう。それを発掘するための道具となるのが、「朝日歌壇ライブラリ」です。

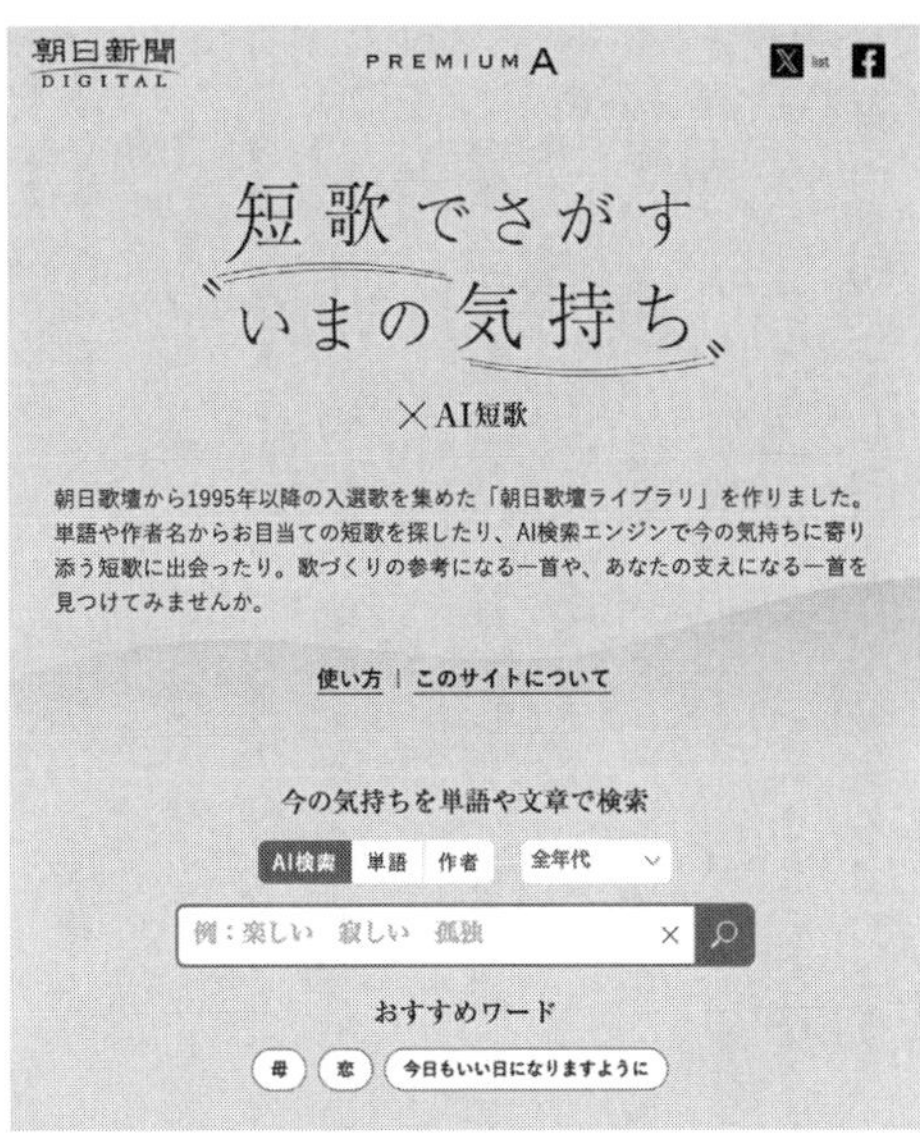

図1-3　短歌と出会える「朝日歌壇ライブラリ」

現在システムに収録されている短歌は、1995年5月から2022年6月までに掲載された約5万首で、単語・作者による検索、年代別のフィルタリングに加えて、〈AI検索〉という機能を備えています。これは序章で説明した「文ベクトル」を応用して、〈入力された言葉と似た意味を持つ短歌を検索できる〉というものです。

例えば「夏が終わった」という

言葉を入力してみると、

この夏はビーチサンダル履かぬままこうして若さを置き忘れてゆく　上田結香
友達と会えない二度目の夏が過ぎ少しカサカサしている私　松田わこ
「かき氷売り切れ」の紙捨てるとき高校最後の夏が香った　赤松みなみ

このような歌が表示されました。「夏が終わった」という表現の周囲に存在している歌を並べてみることができるのです。

短歌は、例えば「悲しい」という感情をそのまま「悲しい」という言葉を使って直接的に表すことの少ない表現形態です。ＡＩが計算する文の類似度による検索は、入力された内容を直接には含まないが、それとなんとなく似ているものを探すことができるので、「短歌の表現に適した検索」と言えるでしょう。

この「ＡＩ検索」によって、あなたの心にふと浮かんだイメージや感情、もしくは単語だけでは表すことのできない複雑な心のざわめきだったりに、寄り添う歌を見つけることができるかもしれません。

ここまで、〈短歌ＡＩ〉についてその全体像を紹介しました。ＡＩが短歌を学ぶとは、短歌をつくるとは、そして人はどのようにこの生成装置と向き合うのか、といったことについて、次の章から、より具体的に考えていきましょう。

この章から学ぶ「短歌入門」

- SNSや書籍など、どこからでもよいので自分にとっていいなと思える短歌を探す(すでに何かある人は、次に進む)。
- 見つけた短歌を、大事にとっておく。
- この本を読み終えてからもう一度その短歌を読み直して、感じ方の違いを観察する。

第2章　型を身につける

「短歌を生成する」とはどういうことか

ここで一度、立ち止まって考えてみたいことがあります。それは「短歌を生成する」とはどういうことか、ということです。いったい言語モデルがどんな「言葉」を生成できたら、「短歌を生成できた」と言えるのでしょうか。

「短歌」という語を辞書で引いてみると、こんなふうに書いてあります。「和歌の形式の一つで、五・七・五・七・七の五句から成る歌」（新明解国語辞典・第八版）。

確かに、序章冒頭でも挙げた「春過ぎて夏来るらし白たへの衣干したり天の香具山」は、「春過ぎて（5音）」「夏来るらし（7）」「白たへの（5）」「衣干したり（7）」「天の香具山（7）」と、〈五・七・五・七・七の五句〉から構成されています。

ほかにも、私の好きな短歌を挙げてみます。

他界より眺めてあらばしづかなる的となるべきゆふぐれの水　葛原妙子

マッチ擦るつかのま海に霧ふかし身捨つるほどの祖国はありや　寺山修司

たつぷりと真水を抱きてしづもれる昏き器を近江と言へり　河野裕子

ライターをくるりと回す青いからそこでなにかが起こったような　永井祐

雨すぎて黒く濡れたる電柱は魚族のひかり帯びて立ちおり　小島なお
独白もきっと会話になるだろう世界の声をすべて拾えば　木下龍也

これらはいずれも〈五・七・五・七・七の五句から成る歌〉です。辞書が説明する通り、多くの短歌は五・七・五・七・七で構成されています。短歌のリズムは、長歌（五・七音の繰り返しからなり、最後に七・七音で終える歌の形式）に添えられる五・七・五・七・七の「反歌」にも見ることができます。

瓜食めば　子ども思ほゆ　栗食めば　まして偲はゆ　いづくより　来りしものぞ　眼交に　もとなかかりて　安眠し寝さぬ（長歌）
銀も　金も玉も　何せむに　まされる宝　子にしかめやも（反歌）
（山上憶良「子等を思ふ歌」）

この五・七・五・七・七音の「型」が、一千年以上の時間を経て今日まで保たれていることになります。そこで表現されている内容に目を向けてみると、日常生活で感じられる刺激から非日常的な状況を表すものまで、実にさまざまです。短歌は、五・七・五・七・七の「器」の中で言葉を展開する表現であり、そこにはありとあらゆるものが込められてきたと言えるでしょう。

そこで、短歌を生成することをまずは「五・七・五・七・七の定型をなるべく満たす文字列を生成する」こととしてみます。当たり前と言えば当たり前の定義に見えますが、このようにすることで、それが文語であろうと口語であろうと、日常の一瞬を切り取っていようが、超常的な現象を表していようが、どんな表現でも許容する大きな器としての「短歌そのもの」をいちばんよく表しているのでは、と考えます。一千年以上にわたって歌われ続けてきた「型」を身につけたＡＩとして、ひとまずこのように定義してみるのは、そう悪くないでしょう。

ところで、すべての短歌が厳密に五・七・五・七・七の型に則っているというわけではありません。先ほど「なるべく満たす」と定義したのも、これによります。実際、現代の日本でもっともよく知られる短歌の一つである次の歌は、五・七・五・八・七音から構成されています。

「この味がいいね」と君が言ったから七月六日はサラダ記念日　俵万智

ほかにも、定型に収まらない歌を挙げてみます。

晩夏光おとろへし夕酢は立てり一本の罎の中にて　葛原妙子
かなしみよりもっとも無縁のところにてりんごの芯が蜜を貯めいる　杉﨑恒夫

ここで、五・七・五・七・七の型よりも、音が少ないものを「字足らず」、多いものを「字余り」と言います。さらに、句の意味的な切れ目が五・七・五・七・七の句の切れ目に揃っていないものを「句またがり」「句割れ」と呼びます。

廃村を告げる活字に桃の皮ふれればにじみゆくばかり　来て　東直子
塾とドラッグストアと家族葬館が同じにおいの光を放つ　岡野大嗣
ほんとうに夜だ　何度も振り返りながら走っている女の子　平岡直子

さらに、五・七・五・七・七の定型を大きく壊すことを「破調」といいます。

上空より東京を見れば既にあやしき人工の物質塊“Masse”と謂はむか　斎藤茂吉

さらには、記号を用いた次のような歌までもが存在します。

×××は麒麟×××$$$だ×××記述できない午前十時を　荻原裕幸

このように、短歌は必ず定型に収めなくてはならない詩型ではありません。特に最近の現代短歌では、きっちりと定型に収まる歌はむしろ少ないようにすら感じます。しかしそれは、やみくもに音を削ったり足したりしてもよい、ということではありません。まず定型の五・七・五・七・七があり、その上で効果を生む字余りや字足らず、句またがりに句割れ、そして破調があると、意識しておきたいものです。

以上、「短歌を生成する」とは「五・七・五・七・七の定型をなるべく満たす文字列を生成する」ことであるとして、実際に言語モデルをつくっていきます。

定型を満たす短歌の生成

では、「短歌が生成できている」の定義、五・七・五・七・七の短歌の定型をなるべく

満たす言葉の生成を達成するには、いったいどのようにすればよいでしょうか。そのためには、日本語が持っている、そして短歌の定型に関わる「音」の概念をモデルが理解できる形で表現できるとよさそうです。そこで「モーラ」という便利な単位を導入して、日本語の音を数えていきます。

モーラは、私たち日本語話者にとって自然に感じられる音の数え方です。先ほど「便利な単位」と表現したのも、その自然さによります。日本語におけるモーラは基本的に仮名文字の数と同じで、「きゃ・きゅ・きょ」のような拗音を除けば、両者が1対1で対応します。

例えば「さくらんぼ」は「さ・く・ら・ん・ぼ」と5モーラに数えられ、各モーラが均一な時間の長さを持っています。確かに、「さくらんぼ」はそれぞれの文字を同一の長さで発音することで、それが小さくて丸くて赤い果実であることが他の人にも無理なく伝わります。長音・拗音・促音・撥音も1モーラとして数えるため、「チョコレート」は「チョ・コ・レ・ー・ト」で5モーラですし、「切手」は「き・っ・て」で3モーラ、「短歌」は「た・ん・か」で3モーラです。

いかがでしょう。私たちが普段意識せずとも使っている日本語の音を、自然な形で数えている単位に感じられませんか。

モーラを言語モデルの内部でも計算できるような工夫を加えたのが、2020年につくった〈短歌AI〉です。このモデルでは、内部で扱う言葉の情報に追加して、モーラの情報も計算できるような仕組みをつくっています。このようにすることで、言語モデルが短歌を生成していく際に、モーラも気にしながらの言葉の選択が行われることを期待します。毎回の生成で確実に五・七・五・七・七の定型に収まる文字列が生成される、というわけではないのですが、モーラを計算する仕組みを持たないふつうの言語モデルに比べ、定型の短歌が出やすくなっています。短歌の「型」を少しだけ身につけたモデル、と言えるでしょう。

モーラを計算した上で、どのようにして短歌の定型に従う言葉を生成するのかを説明しましょう。言語モデルは現在生成している言葉が「合計で何モーラになっているか」を計算して、「短歌の定型である31モーラまで、残り何モーラか」という情報を持ちながら言葉を生成していきます（図2－1）。これはちょうど、短歌を始めたばかりの人が、音を指折り数えながら歌をつくるのと、同じことをしているとも言えます。

実際に〈短歌AI〉が生成した例をいくつか見てみましょう。

さっきまで人間だった人形が喋ってみせる世界であった

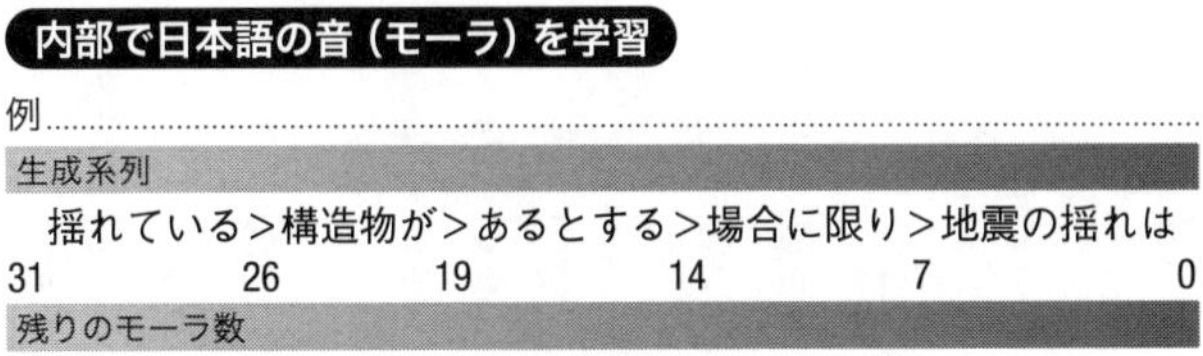

内部で日本語の音（モーラ）を学習

例

生成系列					
揺れている＞	構造物が＞	あるとする＞	場合に限り＞	地震の揺れは	
31	26	19	14	7	0

残りのモーラ数

図2-1 「残りのモーラ数」をもとに短歌を生成する

画面では表示されないバーコードセグメントを非表示にできる
まぶしくて見ていてつらい夕焼けの空にまにまにオレンジの花

　これらを見ると、確かに音の数は揃っていて、調子だけはいい気がします。しかし、果たしてこれを短歌と呼んでいいのか、「ああやっと短歌が生成できた」と感じられるのかと言えば、少し、疑問にも思えてくるでしょう。例えば「画面では表示されないバーコードセグメントを非表示にできる」という例では、短歌「らしさ」の感じられない、ただの説明文が生成されているようにも見えます。

　また、モデルとしては正しく31音の文字列を生成しているつもりなのに、実際はそうなっていないという例もあります。

光ってる森の中を移動して見えるのは今ここだというの

　これは、「光ってる（5モーラ）」が「光（ひかり・3）って（2）る（1）」と言語モデルの中で分解され計6モーラとして数えられてしまっていることが原因の一つと考えられます。つまり、言語モデルにおける言葉の粒度で見るモーラ数「光（ひか・2）って（2）」とが異なってしまっているのです。

また、定型から大きく外れた歌が生成される場合もあります。

さっきまで平和だったのに今度会ったら違う人になってるかも
まぶしくて見ていて気分がわるいやうれしくないやわかってるやでも
光ってる波か？　光ってる　波か？　光ってる　波か？　光って

日本語の音を理解しながらの生成に関しては、いまだ改善の余地が大いにあります。この学習の難しさは、言葉をテキストデータとして扱う言語モデルの奥にある「音」の複雑とも言える世界の広がりを感じさせます。字面だけでは追えない、AIでは容易に扱えない日本語の音から、この音に対する感覚を長い間保ってきた私たち人間の潜在的な力も見えてくるようです。

いま、私たちが日常で短歌に触れる機会は、本であったり、SNSであったり、おそらく文字＝視覚情報としてそれを「読む」ことが、耳で「聴く」ことよりも、圧倒的に多いのではないでしょうか。しかし、そこでは明示されない、でも感じることのできる日本語の「音」に対する感覚を体に取り入れること、またそれを意識して短歌をつくることの重要性が、短歌を生成するＡＩを構築することで、改めて感じられます。

「モーラ」を合わせて穴埋めしてみる

定型を一度身につけると、いつの間にかするすると五・七・五・七・七の短歌が頭に浮かんでくるようになっているかもしれません。目や耳・肌で感じるものやことから、身近な人間関係、あるいはより大きな社会問題に至るまで、あらゆる対象に短歌の言葉が頭をよぎって、まるで新しい能力を手にしたかのようです。

しかし、パッと自然の流れに任せて思いつく内容というものは、それがどういった表現形態であるにせよ、後で冷静になって見返してみるとあまりよくない、といったことがあります。そこで一度つくったものを見直し、編集したくなってくるものです。短歌をつくる場合、この過程でももちろん「定型」を意識した上での歌のつくり直し・調整が必要です。

これまで、〈言葉を一つ一つつなげながら文字列を生成する言語モデル〉としての〈短歌ＡＩ〉を見てきました。一方で、序章では文章の「穴埋め」をする言語モデルがあるという話をしました。ここでは、その「穴埋め」モデルにモーラの計算を掛け合わせることで、定型に沿った短歌の編集をやってみようと思います。

例えば、次の短歌があったとします。

語と語たち並んだ様を学習し感覚と書く梅雨の青空

この歌の「感覚」という部分が、なんとなく気に入らないとしましょう。そこで、これを他の語に置き換えてみます。以下のように「感覚」を□として、これに置き換わる候補を穴埋めモデルによって計算してみます。

語と語たち並んだ様を学習し□と書く梅雨の青空

すると、モデルは以下のような候補を出しました。

・直す　・たり　・あう　・て　・十年　・涙　・ました　・生きている……

いかにも多様な語が生成されているように見えますが、これだけ見てもよくわかりません。これらの語で穴を埋めてみると、次のような文字列が完成します。

語と語たち並んだ様を学習し**直す**と書く梅雨の青空
語と語たち並んだ様を学習し**たり**と書く梅雨の青空
語と語たち並んだ様を学習し**あう**と書く梅雨の青空
語と語たち並んだ様を学習し**て**と書く梅雨の青空
語と語たち並んだ様を学習し**十年**と書く梅雨の青空
語と語たち並んだ様を学習し**涙**と書く梅雨の青空
語と語たち並んだ様を学習し**ました**と書く梅雨の青空
語と語たち並んだ様を学習し**生きている**と書く梅雨の青空

いかがでしょうか。どれも確かに、意味の通る文字列になっています。しかし、短歌の定型から崩れてしまっているものがほとんどです。もともとこの穴にはまっていた言葉は、「感覚」でした。これは、「か・ん・か・く」で4モーラの語ですね。そこで、穴埋めモデルが計算した語の中から、「感覚」と同じく4モーラのものだけを残すようにしてみましょう。

すると、次のような歌が並びました。

語と語たち並んだ様を学習し忘れたと書く梅雨の青空
語と語たち並んだ様を学習し幸せと書く梅雨の青空
語と語たち並んだ様を学習ししみじみと書く梅雨の青空
語と語たち並んだ様を学習し生活と書く梅雨の青空
語と語たち並んだ様を学習し日本語と書く梅雨の青空
語と語たち並んだ様を学習し思い出と書く梅雨の青空
語と語たち並んだ様を学習し千年と書く梅雨の青空
語と語たち並んだ様を学習し生き生きと書く梅雨の青空
語と語たち並んだ様を学習しゆっくりと書く梅雨の青空

確かに、いずれも短歌の定型に沿う文字列です。短歌の表している文脈を考慮した上での、定型を保ったままの語の置き換えができました。それぞれの置き換え結果を見てみると、動詞・名詞・副詞といった品詞も違えば、「忘れた」「しみじみ」「生き生き」とその語が表す雰囲気までさまざまなものが並んでいるのがわかります。

言語モデルによって語の置き換えをするという行為は、例えば人間が類語辞典を参照しながら他の言葉を探すのにも似ているかもしれません。穴埋めモデルを応用することで、定型という制約の中での語彙選択を広げることができました。

一方で、そこにどんな語が収まれば「いい」と思えるのか、表現したかったものに近づけるのか、はたまた表現しようとは思っていなかったが「これだ」と感じる新たな語を獲得できるのか、ということは、作歌のきっかけを実際に持つ短歌のつくり手だけが判断できるものでしょう。まだ言葉になっていないなんらかの刺激から、短歌をつくる。その過程で何を表現したかったのか、それを（決めないということすらも）決めて、言葉を選び取っていくのは、ほかでもない私たちであるという思いを強くします。

またそれは、型を身につけているとかいないとか、短歌の生成が上手いとか下手であるとか、そういったこととは全く別の軸に存在している独立した能力、もしくは特権であるようにも思えてきます。「言葉」を扱うＡＩがいくら高度に短歌を生成できるようになったとしても、私たちが作歌をする余地や理由は常に存在し続ける。そんなことも、当たり前のことかもしれませんが、意識しておきたい点であると改めて感じます。

「型」を身につけたAIたち

ここで、短歌生成について、これまでになされた取り組みを振り返ってみたいと思います。

２００８年に歌人の佐々木あらら氏によって開発された短歌自動生成スクリプト「星野しずる」は、あらかじめ用意された語彙をランダムに組み合わせるアルゴリズムによって、短歌を自動で生成します。機械学習による生成ではありませんが、イラストレーションによって擬人化され、２００９年に第7回枡野浩一短歌賞を受賞、２０１２年には電子歌集を発表するなど、単なる生成プログラムを超えた「バーチャル歌人」として存在しています。

２０１９年には、短歌研究社とＮＴＴレゾナントが「恋するＡＩ歌人」を期間限定で公開しました。ＡＩを与謝野晶子や岡本かの子といった近代女性歌人の短歌５０００首以上で学習し、はじめの五音を入れると続く短歌を生成する仕組みになっています。歌人の野口あや子氏がアドバイザーとして関わり、短歌誌「短歌研究」にて座談会も組まれるなど、歌壇との関わりを持ちながら実施されたプロジェクトです。

西安交通大学の金中教授らが２０２１年に発表した和歌生成モデル「ＷａｋａＶＴ」は、8〜16世紀の和歌17万首以上を学習し、指定されたキーワードに基づき和歌を生成することができます。生成時の言語の選択にモーラによる制約を設けるほか、五・七・五・七・七の各句や上の句・下の句といった和歌の持つ構造をモデルに意識させる仕組みを持ち、質の高い生成を実現しています。

さらに、「型」を持つ言語表現は、短歌以外にも存在します。まず思い浮かぶのは、俳句ではないでしょうか。北海道大学の川村秀憲教授らによる俳句生成AIプロジェクト「AI一茶くん」では、人間との勝負や句会への参加に積極的に取り組んでおり、「俳句」を通して人とAIの違いや関係性を考える実践を数多く行っています。また、ラップの生成についても、これまでにさまざまな言語モデルが提案されてきました。ラップは、リズムに合わせて韻を踏んだ表現を繰り出すという「型」を持っています。最近では、兵庫県立大学の三林亮太氏と大島裕明准教授らが、対話形式で相手のラップに対して韻を踏みながら適切な掛け合いを提示する「ラップバトル」を生成するシステムを開発しています。

音楽の旋律に対して与えられる歌詞を考えるという行為も、「型」といってもよいかもしれません。国立研究開発法人産業技術総合研究所の渡邉研斗氏は、楽曲の音楽的性質を考慮し、単にメロディにはまるという制約を超えた、テーマやストーリーをも含む作詞支援をはじめとした「歌詞情報処理」に取り組んでいます。

「型」を持つさまざまな言語表現を扱うAIを見ていくと、それぞれの表現にとって、また人間にとって「型」とは何かを改めて考える機会を提供しているようにも感じます。扱う言語表現は違えど、いずれもＡＩを通して人間そのものにも迫る試みであるということができるのではないでしょうか。

ＡＩに「何を任せるか」という視点

この章では、短歌の定型を身につけたＡＩについて見てきました。確かに、「短歌を生成できている」と言えそうな、31音の制約の中での言語モデルの挙動を見ることができました。こうしたＡＩの振る舞いに対して、私たちは「面白い」とも思えば、あるいは「怖い」といった感情を覚える方もおられるかもしれません。ここで一度、「私たち人間はＡＩに何を任せられるか」ということについて考えてみたいと思います。

短歌の作歌に慣れていない人にとって、短歌の定型に沿った言葉を次々と考えていくのは、まだ難しい問題であると言えます。私自身も、短歌を始めたばかりの頃や、またしばらく歌をつくることから離れていたときには、つくろうと思っているモノやコトを短歌のリズムにするので精一杯、という経験をしています。

一方で、ＡＩは命令さえ受け取ってしまえば、短時間にいくらでも大量の短歌を難なく生成できると、第1章でも触れました。これは、人間には到底真似できない芸当です。もっとも、人には短時間に大量の「言葉」を生成するような機能はなく、文字を打つか、書くか、音声を発するかしかないので、当たり前といえば当たり前です。

しかし、人は短歌を詠みたい「きっかけ」や「気持ち」、またひょっとすると「予感」のようなものまでが自然と湧き上がってくる、あるいは能動的に摑むことができる生き物です。これは、短歌を簡単に生成できるＡＩを前にしたとき、際立ってくる性質のように感じられます。

ＡＩにも、例えばインターネット上に存在する天気予報サービスとつなげておいて、天気が晴れから雨に変わったら「雨」にまつわる歌を生成させる、といったアルゴリズムを適用させれば「何もないところからの詠み」を発生させることはできなくもないでしょう。しかし、現状ＡＩには、自発的な詠みを引き起こさせるような仕組みについて、人間のそれをうまくモデル化した機構があるわけではありません。つまり、ＡＩによる生成では、歌をつくりたい、誰かに伝えたい、といった動機の部分が存在していません。

言語モデルが定型を学習するのを横目に見ながら、私たちは五・七・五・七・七のリズムを身につける。モデルが１秒間に１００首生成するのを尻目に、私たちは一首をつくりあげるのに頭を悩ませる。私たちだけが持っているであろう「短歌をつくりたいと思う感覚」に改めて思いを巡らすと、それをＡＩと共有することの意味や意義について考えたく

編集前	すがすがしい眺められるが観覧車は なんとなく見ているだけなので
編集後	すがすがしいホテルから見る観覧車 なんとなく見ているだけなのに
編集前	希望へと散歩に行って思い出に 残る時期を迎えることの
編集後	希望へと散歩に行って思い出に これから先も迎えることの
編集前	誠実さ負けず嫌いの散歩等 楽しむという時もあります
編集後	誠実さ負けず嫌いの散歩道 楽しむという時もあります

図2-2 ユーザーによって生成短歌へ与えられた編集例

なります。

前章で紹介した「花と歌」では、短歌をつくったことのない人に向けて作歌の機会を提供する道具として、言語モデルが機能していました。図2－2は、実際に「花と歌」に触れた人が、生成された短歌へどのような編集を与えたのかを示します。確かに、ＡＩが生成した歌に対して、人が編集を加えるという形での作歌が展開されていたことがわかります。

さて、具体的にはどのような編集が行われていたでしょうか。

「眺められるが」が「ホテルから見る」と具体的な場所に置き換わっているのは、この歌を贈る相手との思い出が込められているのかもしれません。「残る時期を」から「これから先も」では、どことなく終わりを感じさせる「残る……」という表現から、未来に目を向けたポジティブな表現への変換が試みられています。「散歩等」の「等」は、曖昧(あいまい)かつ表記が固いと感じられたのでしょうか、「道」と置き換えられています。こうした編集が行われたという事実は、生成された歌では満足できない、しっくりこない、もっと違う形があると感じる、私たち人間の気持ちの表れと言えるでしょう。

このようにして、あなただけが持っている〈まだ言葉になっていないもの〉をひとまず〈型〉にはめてみるために、言語モデルを利用することができるかもしれません。つまり、AIが得意な「計算」と私たち人間が持つ「気持ち」を相乗させながらの作歌があり得るのではないでしょうか。短歌にまつわるAIとの付き合い方については、最後の章で詳しく取り上げますが、それまでの内容を読んでいく際にも、頭の片隅に入れておいていただければと思います。

この章から学ぶ「短歌入門」

- 指折り数えて五・七・五・七・七の定型に沿う短歌をつくってみる。
- これから目にする短歌をすべて声に出して読んでみる。
- 日常生活の言葉や独り言までもが五・七・五・七・七になるまで続ける。

第3章　「詠む」前に「読む」

短歌AIの学習データ

前章で見た短歌生成は、確かに短歌の「定型」には沿っていました。しかし、そこで表されている内容は、無機質な、説明文のようなものでした。この、ある種「うまくない」生成の結果に「まだＡＩはこんなものか」と安心する方もいれば、「いやこれではいくらなんでも物足りない」と感じる方もいるでしょう。しかしこれには、明確な理由があります。それは、学習データが「擬似的な短歌」であったということです。

序章で説明したように、言語モデルの学習には「コーパス」と呼ばれる大量のテキストデータが必要です。短歌を学習させるには、コーパスとして大量の短歌が必要になります。しかし、ではその「大量の短歌データ」はいったい、この世界のどこに存在しているでしょうか。

見渡してみれば、短歌はありとあらゆる場所に残されています。例えば、これまでに発刊された歌集や短歌雑誌に収められている歌を集めてきて、それをデータにする、といったやり方があるかもしれません。しかしこれは、人手で短歌を紙（誌）面からデータ化しなければならないという点で、かなり根気、そして時間とお金を要する作業になるでしょう。

ＯＣＲ（Optical Character Recognition／光学的文字認識）と呼ばれる、書物の電子化を自動で行う技術もありますが、毎回100パーセントの精度で文字が認識できるというわけでもなく、ここでも人手が必要になってきます。そこで、インターネットに載せられている短歌を自動で集める、という方法が考えられます。これは、プログラムを書きさえすれば自動かつ大量に短歌を収集することが可能ですから、現実的な方法と言えます。

とはいえ、こうして収集できたとしても、著作権やモラルの問題があります。

無作為にまた作者に許可を取ることなく、人間がつくった短歌を収集して、言語モデルの学習に利用するという行為は、現行の法律や研究という範囲では許容されるかもしれません。しかし、実際の応用を考えると、たとえば「学習データとほぼ同じ短歌が生成された時にどうする？」「許可なく自分の短歌が学習に使われていたらどうする？」といった、創作における著作権やモラルの点で、課題があり、また躊躇(ちゅうちょ)するところがあります。

擬似的な短歌を学習データにする

そこでまず私たちは、「オープンなデータで、誰かがなんらかの思いを込めるなどしてつくりあげた短歌ではない、でも短歌のように読めるテキストデータ」を集めて、これを学習に使うこととしました。具体的には、オープンアクセスデータであるウィキペディア日本語版（https://ja.wikipedia.org/）の記事から、短歌の定型を満たすテキストを集めて、これを「擬似的な短歌」として学習データをつくったのです。
このような形であつめられる短歌は「偶然短歌」という名前でプロジェクト化されており、書籍も出版されています。その名の通り、ウィキペディアの記事中で「偶然にも」短歌になっている言葉を集めているわけですが、私たちもほとんど同じようにして短歌をウィキペディア日本語版から収集することにしました。具体的には以下のようなデータになります（下部に引用元の項目を記しました）。さまざまな事柄を説明する記事における五・七・五・七・七の短歌の定型に沿う断片＝擬似的な短歌が、抽出できていることがわかります。なお、データセットの作成においては、得られた断片から句読点を省く処理をしています。

粘液の入った管があったりとその状態はさまざまである　（「粘液」）
偏光をかけて重ねて投影しこれを偏光フィルタの付いた　（「3次元ディスプレイ」）
強力で今日では正規表現と呼ばれるものと対抗できる　（「Text Editor and Corrector」）
きっかけとなり対戦を要求しそれが通った形となった　（「チェリーボム（プロレスラー）」）
前輪の回転軸はフレームの最前列に一段高く　（「キュニョーの砲車」）
このようなプログラミング環境の下でこれらの文字はしばしば　（「Unicode文字

のマッピング」）

短歌ＡＩの学習では、これらの擬似短歌を１万件ほど集めました。そこから、短歌のリズムをもった言葉の並びを学習しています。例えば、次の擬似短歌データをモデルが学習するとします。

表現はもともと古代アテナイの三大悲劇詩人のひとり　（「ヤーコブ・ヨルダーンス」）

この時、短歌ＡＩは「表現」という言葉のあとに「は」が続くことや、「古代」の後に「アテナイ」が続くことを学んでいきます（なお、実際のモデル学習では、文字列が常にきれいに単語単位で分けられているとはかぎりません。どのようにしてモデルが学習するための適切な「言葉の断片」をつくるか、という問題に対しても、いくつかの手法が提案されています）。

他の例も見てみましょう。例えば、次のような擬似短歌があります。

イギリスや他の国々の沿岸で伝統的に歌われていた　（「シーシャンティ」）
特性を線形予測フィルターの係数としてパラメータ化し　（「線スペクトル対」）

父親が日本人で母親がハンガリー系ルーマニア人　（「室伏広治」）

木星と土星は主に水素からなる大量の大気を有し　（「外惑星」）

これらを見てみると、「国々」「沿岸」「特性」「線形予測」といった語そのものにしても、また「係数としてパラメータ化し」「水素からなる大量の大気を有し」といった語の並びにしても、当然のことながらそれがウィキペディアらしいものになっているのがおわかりいただけるでしょう。こうした擬似短歌からなるコーパスを学習した言語モデルは、当然、その「ウィキペディアらしさ」を感じる言葉の並びをうまく捉えて、それに従った短歌を生成することになります。

「ほんとうの短歌」への第一歩

ここで改めて、擬似短歌を学習した短歌ＡＩの生成を見てみましょう。

入力 はたらけどはたらけど猶(なほ)

生成 活躍の道は限られるというわけで

（わが生活(くらし)楽にならざりぢつと手を見る）

入力　春過ぎて

生成　人見知りを克服して友人も多く同性から

（夏来るらし白たへの衣干したり天の香具山）

「はたらけどはたらけど猶」は皆さんもご存知でしょうか。石川啄木の短歌です。「ぢつと手を見る」という有名なフレーズの続く歌ですが、モデルの生成はどうなっているでしょう。「活躍の道は限られるというわけで」。なんだか普通のことを言っていますね。入力されたテキストの表現する文脈を、素直に受けた内容になっています。これはこれで面白いですが、それは「あまりにも普通すぎる」という、短歌らしくない「逸脱」を感じるからと言えそうです。もう少し短歌の「真ん中」を感じられるような表現が欲しくなってきます。

続いての「春過ぎて」は、序章でも引いた万葉集の歌から取ったものです。生成結果を見てみると、「人見知りを克服して友人も多く同性から」と、春の新生活について書いているように見えてきます。こちらも先ほどの例と同じように、ただただその新しい環境での報告がなされているようで、やはり「詠われている」という感じはしません。また「同性から」と文章の断片でふつと切れていますが、この表現が何か効果的に使われているかというと、どうもそうではないと感じます。

このように、ウィキペディア日本語版の記事から抽出した擬似的な短歌を学習した短歌AIでは、その生成もウィキペディアらしい、味気ないものになっています。それでは、擬似ではない「ほんとうの短歌」を学習すると、どうなるでしょうか。それをみたくなってきます。

ちょうどそのとき、でした。私たちは、実際に歌壇で活動する歌人の方々から、彼らの歌集を短歌AIの学習データとして提供してもらえる機会を得ることになります。その経緯も踏まえながら、「ほんとうの短歌」を学習した短歌AIがどのように変身するか、見ていきましょう。

俵万智さんの歌を学習したAI

第1章でも述べたように、先ほどの〈短歌AI〉を一人で試作して、ただただ面白いな、と遊んでいる頃、朝日新聞社では、朝日歌壇を担当する文化部が「テクノロジーを使った新たな企画」を欲しているという動きがありました。

当時、朝日歌壇はハガキによる投稿のみを受け付けていたのですが、いわゆるDX（デジタルトランスフォーメーション。情報技術を使って、サービスや業務に変革をもたらすこと、だと私は思っています）企画の一環で、電子化とそれに付随した企画を模索していたのです（なお、２０２４年４月からウェブ投稿が始まりました）。

そこで、ある日打ち合わせを持ち、〈短歌ＡＩ〉のデモンストレーションを見せることになりました。するとこれを面白がってもらい、さらに、ちょうどその頃に俵万智さんが朝日賞（２０２１年度）を受賞されたことをきっかけに、俵さんにＡＩと短歌に関する企画について相談することとなったのです。

俵万智さんは、「日本でいちばんよく知られた歌人」と言って、「いや、そうかしら」と言う人はないかと思います。「そうだったのか！」とびっくりする人もいないでしょう。

そんな俵さんが「ＡＩと短歌」に興味がある、ということで、突然にそう大きな話になることはないかと思っていたのですが、さっそく打ち合わせの機会を持つことになりました。

当日。新型コロナウイルスの流行による自粛期間で、オンライン会議だったのですが、始まる前から落ち着かず、少し前に短歌をつくり始めた自分が、俵さんと話すこと自体、現実感も薄いような気がして、どうしようかと考えていました。ここは開き直るしかないか、と、「今日がここ十年でいちばん緊張しています」と告白してからの開始となった打ち合わせでしたが、ご本人に〈短歌ＡＩ〉をお見せするととても興味を持っていただき、なんとそれまで出されている全歌集を学習データとしてご提供いただけることになったのです。

俵さんの歌は、第一歌集の『サラダ記念日』から第六歌集『未来のサイズ』まで、全6冊の歌集に収められた作品だけでも2300首あまりありました。これを「データ」として、擬似短歌を学んだ先ほどの短歌AIをさらに学習させることで、〈ほんとうの短歌を学習したAI〉が誕生しました。

早速ですが、実際の生成を見ていきましょう。以下は、2021年の3月、築地の朝日新聞社にて文化部とともに行った取材で生成したものです。それまでオンラインでやりとりしていた俵さんと実際にお会いする、初めての機会でした。なお、取材では俵さんのデータを学習したAIを〈万智さんAI〉と呼ぶこととしました。以降、擬似短歌だけを学んだAIを〈短歌AI〉として、それぞれを分けて書いていきます。

入力　二週間前に赤本注文す

生成（万智さんAI）
　この本のこときっと息子は
父は病気のことを書かねば

いかがでしょうか。ここでは、取材時に俵さんが推敲されていた歌の上の句「二週間前に赤本注文す」（2023年刊行の第七歌集『アボカドの種』に「二週間前に赤本注文す息子は大物なのかもしれず」として収録）という入力に対して、それに続く内容が〈万智さんAI〉の生成結果になっています。俵さんの歌には息子さんを歌ったものが多いのですが、まさに「息子」と生成していて、それがうまく現れているのがわかります。また「父」「書かねば」といった語彙や表現にも、これまでの生成にはなかった、俵さんらしさが感じられるのではないでしょうか。

ではここで、同じ入力に対する〈短歌AI〉の生成を見てみます。

入力　二週間前に赤本注文す
生成（短歌AI）
　だが発送が遅れたりなど
　さきに青本注文すすむ

先ほども見たような、「普通な」短歌を生成していることがおわかりいただけるでしょょう。「赤本を注文したけど、発送が遅れる」「さきに青本の注文がすすむ」……これではあまりにも報告的、と言いますか、普通すぎる内容で、短歌の言葉から遠い、と誰しもが感じるのではないでしょうか。学習するデータが「ほんとうの短歌」になることで、言語モデルの生成も大きく姿を変えることが実感いただけたかと思います。

次に示す例も、実際に俵さんが当時つくりかけていた短歌の上の句を入力して得られた生成です。与えられた内容から上手く下の句を生んだ結果に、俵さんご本人も「これはやられた」と驚かれていました。

入力　一人称あまり使わぬ日本語に

生成（万智さんＡＩ）　君の心を隠しているか

俵さんはこの生成を見て、「一人称を使わないというのは、心を隠していることかもしれない」と感想を述べられました。確かに、人間が読んで「上手い」と感じられる生成と言えるでしょう。

他にも〈万智さんＡＩ〉の生成を見てみます。ここでは、俵さんの歌の一部（上の句）を入力として、そこからどんな結果が得られるかを示していきます。

入力「この味がいいね」と君が言ったから

（「この味がいいね」と君が言ったから七月六日はサラダ記念日／第一歌集『サラダ記念日』）

生成（万智さんＡＩ）

ほぐせば今日はつるりと世界
我を愛せよ二本のパンで
いいねの道を呼びこまれてる
おまえの手紙を摘む昼下がり
だるさ見ており「母さん」として
君の言いたいもの青い花
電話をなくせないバスに乗り
空、青になる朝　平和あり
生きて命と言うように飲む
ここは寂しい海に似ている

「つるりと世界」「手紙を摘む」といった表現からは、擬似的な短歌を学習した短歌AIにはなかった言葉の組み合わせを感じることができるでしょう。また、「『母さん』として」の生成からは、母としての目線から詠まれた歌の多い「俵さんらしさ」を感じます。さらに「朝　平和あり」では、短歌の中で空白を用いる「一字空け」と呼ばれる技法を使っているようです。「ほんとうの短歌」らしい表現を、モデルが上手く摑んでいると感じます。

入力　「寒いね」と話しかければ「寒いね」と

（「寒いね」と話しかければ「寒いね」と答える人のいるあたたかさ／第一歌集『サラダ記念日』）

生成（万智さんＡＩ）

言われたような言の葉がある
答えるような水仙の花
言の葉島の声を知らぬまま
言の葉の香りつかむ夕べ
紙を拾える公園の花
呼ばれてみたき三百六十五秒
煮つめられたようなオレンジ

呼ぶほど思えば言の葉がある
答えし我が言葉をさがす
言うためにある言葉の予感

この生成では、「言の葉」や「言葉」といった語が目立ちます。これは、入力に与えられた会話表現に注目して得られたもののように感じます。「三百六十五秒」と、時間や空間に対する具体的な表現を用いている点も、とても短歌らしい生成と言えるのではないでしょうか。

入力 四万十（しまんと）に光の粒をまきながら
（四万十に光の粒をまきながら川面をなでる風の手のひら／第二歌集『かぜのてのひら』）

生成（万智さんAI）
眠る夜に眠れるゆえの
風吹いてもゆらゆらの時間
君を愛す時間、コケのぼりゆく
ゆく昼下がり今日のため見る

立つ朝の朝、吾は見ており
風を切り取る君の口づけ
光を曲げる朝　いっせいに
何かにぬるきを君は味わう
君のゆく町を待とうと思う
見えてくるなり君への手紙

「君」は、短歌では敬愛を寄せる相手に呼びかけるという特別な意味を持った言葉です。この生成では、「君」を含む短歌が多く得られました。これも〈万智さんＡＩ〉が獲得した「短歌らしさ」と言えるでしょう。

入力　バンザイの姿勢で眠りいる吾子よ

（バンザイの姿勢で眠りいる吾子よ　そうだバンザイ生まれてバンザイ／第四歌集『プーさんの鼻』）

生成（万智さんＡＩ）

生まれるものを語りはじめる
立ちのぼりくる君の十年

「友だち」という言葉のポーズ
「好き」と思えば「いい」と思えり
生まれ出るもの立ちのぼりくる
「いいんだ」という言葉の向こう
いとおしむような何かを思う
「ありがとう」という言葉の輪郭
「好き」と思えり「好き」と思えり
「落ちつきなさい」という語残して

この生成では、「」（かぎ括弧）を使った表現が多くみられます。俵さんは、短歌に会話を取り入れそれまでにない新たなスタイルを表した歌人の一人です。言語モデルの生成を見ることで、私たちが積み上げてきている短歌の歴史までをも体感することができます。

俵さんにあって「擬似短歌」にない語彙

ここで、俵さんのデータにのみ含まれる「語彙」を見ていきたいと思います。俵さんのデータが含む言葉の中から、先ほどの「擬似短歌」コーパスには一度も登場しなかったものを数えてみました。その数は３７５０にもおよび、次のようなものでした。

・嘘　・はりまや橋　・冴えわたる
・アンチョビ　・エアメール　・パンプス
・いっせいに　・湯豆腐　・心地よく
・ヤツ　・ちりばめ　・軽し

このことから、言語モデルが擬似短歌の学習中には見なかった「語彙」を俵さんのデータの中で見出（みいだ）した、と考えることができます。「こんな言葉を短歌に使っていいんだ」「こんな言葉は知らなかった」といったことは、実際に人が短歌を読んでいてもよくあることです。きっとそれと同じことが、言語モデルの学習過程でも起きているのか、と想像します。

また、俵さんの歌と擬似短歌コーパスの両方に共通して登場する言葉でも、その使われ方はかなり異なることがわかります。次に示すのは、俵さんの歌と擬似短歌のそれぞれで「音楽」を含む例です。

俵さんの短歌

吹雪ふぶき枯れ木を揺さぶる**音楽**は世界の記憶、未来の予感
泣くという**音楽**があるみどりごをギターのように今日も抱えて

擬似短歌

日本の**音楽**文化発展に寄与することを目的とする
アメリカの小学校の**音楽**の教科書に載り、幼稚園でも

同じ「音楽」という言葉でも、それが「世界の記憶」と結びついたり、「泣くという音楽」と表されたり、「語彙」だけではないその「組み合わせ」も、普通のテキストと短歌では大きく違うものがあり、それが歌をつくっているのではないでしょうか。こういった表現に触れられるのも、実際の短歌を読み込んでいくほかにはできない経験と言えるでしょう。

実際、短歌が上達するためには、たくさんの作品に触れた方が良いと言われます。好きな作品に出会ったり、意外な言葉の使い方に驚いたり、これまでに詠われた短歌で実践された表現に触れ、それを感じることが、自分の作に影響を与えるということがあるでしょう。

永田和宏さんの歌を学習したAI

永田和宏さんは、現代短歌界において重要な歌人の一人です。歌壇最高峰の賞とされる迢空賞（ちょうくう）や、現代短歌大賞など多くの賞を受賞する一方で、宮中歌会始選者や宮内庁御用掛を務めるほか、２００５年からは「朝日歌壇」の選者として、朝日新聞社にとってもつながりの深い歌人です。

永田さんは前述（第１章）のように、細胞生物学者としての顔も持っています。科学者としての背景から、ＡＩと短歌の関係――このテクノロジーが短歌の創作や鑑賞にどう影響するかという点について、強い関心と興味を示されていました。そこで、〈短歌ＡＩ〉を持って、文化部とともにお話しする機会を得ることになります。

最初の取材では、永田さんの歌集の一部を学習した短歌ＡＩの生成として、次の歌をお見せしました。先ほどの〈万智さんＡＩ〉とは、生成の雰囲気が大きく異なるのがご覧いただけるでしょう。

入力 足裏を砂流れおり

（足裏を砂流れおりいまさらに扱いかねている肉の量／第四歌集『やぐるま』）

生成（永田さんAI）

見る人の心に届く一石となる
波打ってもこもこした土塊となる
小孔が空いた様子山全体が
露よ遠く彷徨う人の声をあざけるように

永田さんからの反応は、

「1首目はおもろい。思わせぶりな歌になってる。でも、まだＡＩがこのレベルでよかったなぁ」

というものでした。続けて、

「でも、それらしきいい歌ができることは間違いない。すぐに人間を追い越しちゃうかもしれない。作者と読者の関係という問題にも関わってくる」

として、創作におけるコミュニケーションについての問いを投げかけています。この興味は、第1章でも紹介した〈連歌ＡＩ〉につながっていきました。

永田さんは、その歌歴の中で作歌のスタイルを大きく変えたという点でも特徴的です。前衛短歌の担い手として新かな遣いで歌をつくられていましたが、60歳を迎えて以降、旧かな遣いでの作歌を始めます。

六十歳になったら旧かなでいこうかと漠然と考えていた。そんなことを口走ったこともあった。新かなか旧かなかどちらが正当かなどという議論にはほとんど興味はないが、年齢とともに、旧かなのもつやわらかさと、ゆったりとした響きの奥行きが身に添うようになってきたというのが実感に近い。旧かなを窮屈と感じる向きもあるだろうが、私自身は旧かなのもつ自在さに、そしてある種の開放感といったものにも魅力を感じている。

（『日和』あとがきより引用）

私たちは永田さんのこの歌歴に従って、新かな遣いと旧かな遣いでそれぞれ異なるモデルを作成し、生成の違いを見ることにしました。実際の生成は、次の通りです。

入力 足元をゆっくりと陽は廻りゆく

（足元をゆっくりと陽は廻りゆく冬の陽射しのはかなきゆうべ／第五歌集『華氏』）

生成（永田さんＡＩ・新かな）

闇の底にさびしき花が

生成（永田さんAI・旧かな）

見ゆる風がいつにもまして

入力　きみに逢う以前のぼくに遭(あ)いたくて

（きみに逢う以前のぼくに遭いたくて海へのバスに揺られていたり／第一歌集『メビウスの地平』）

生成（永田さんAI・新かな）

裏山を登れば五月の湿り

生成（永田さんAI・旧かな）

きみを待つだけの老いにも逢いたく

同じ入力から、それぞれのモデルで全く異なる印象の生成が得られています。かな遣いを厳密に制御しながらの生成とまでは至りませんでしたが、前衛短歌の雰囲気を持つ新かなモデルと、「やわらかさと、ゆったりとした響き」とご自身もおっしゃる旧かなを学んだモデルとで、違いが現れているのがおわかりいただけるでしょう。

このようにして見ていくと、学習データは歌人の「歌歴」も表すことができそうな気がしてきます。最近では、コンピュータやスマートフォンといった端末で短歌をつくる人もきっと多いでしょう。日々つくる短歌をどこかに保存しておいて、「未来のためのデータセット」にする。そしてそれを用いて、あなただけの言語モデルをつくる。仮にそんなことが可能になれば、あなたのそれまでの言葉を模倣する道具がそこにある、ということになります。

また、永田さんは「自分の時間だけには嘘をつかないで」歌をつくり続ける、ということをおっしゃっていました。これは、過去の出来事や未来に起こりうることを頭の中で展開して短歌をつくるのではなく、まさに自分が立っている「いま」から、いまの自分にしかつくれない歌をつくるということです。そしてそれが、人生という有限の時間の中で歌をつくる人間の特権である、ということではないでしょうか。そうしてできた歌の蓄積は「瞬間瞬間でのあなたを表すデータセットをつくる」ことでもある、と言えます。そこから言語モデルという道具によって得られる生成は、あなたを新しく理解する「読み」を誘うかもしれません。

「何を読んだか」が「何を書くか」になる

ここまで見てきたように、言語モデルの生成では「どんな言葉を学習するか＝何を読んだか」によって、「どんな言葉を生成するか＝何を書くか」が大きく変化することがわかりました。

これをそのまま人間の読み書きに当てはめることが、必ずしもできるとは思いませんが、私たちにとっても読むこと、つまりこれまでどんな歌がつくられてきたのかを知り、「これはいいな」と思ったり、もしくはそうでないと思うことすらも、とにかく「読んで感じる」ことがとても大事なのではないかと思います。

私がつくった歌の中で、初めて新聞歌壇に掲載された短歌が、次の一首です（「東京歌壇」東直子選／２０２１年3月21日）。


コート着たままの昼寝が好きだったいまは消毒除霊までして

２０２１年、コロナ禍の真っ只中とも言える時期につくったものです。どこへ行くにも、何に触れるにもまずアルコールという、それまでの生活を基準と考えれば「過剰」とも言える消毒にまみれた生活を、「除霊」という言葉を持ち出して表しています。この「除霊」は、この歌をつくった頃に寺山修司の全歌集を読んでいて、その影響を受けて出てきた言葉だと思っています。

特に短歌を始めたばかりの頃というのは、触れる短歌のどれもが新鮮で、「こんな表現ができるのか」という驚きの連続を体験できるとても貴重な時期です。そこから徐々に自分の語彙というものを獲得していくのではないかと考えますが、そのようにしてやはり「読むことで言葉が変わっていく」のでしょう。「何を読んだか」が「何を書くか」に強く結びついていると感じます。

しかし、人のつくった歌をただ吸収してそれをなぞっていくというだけでは、きっと何かがいけないだろう、とこれを読んでいる方は誰しも思われるのではないでしょうか。短歌は創作です。これまでの世の中に存在しなかったものをつくるという、ルールというか、使命のようなものがあると、信じられているように思います。つまり、他の誰にも似ていない、あなただけの言葉を、あなたが生成する。あなたがたくさん摂取した言葉があって、その上で自分の言葉をつくっていく。そんなことが人間の作歌では求められているのではないでしょうか。

言語モデルは、過去につくられた短歌を学習して、確率的に言葉を並べていきます。その結果は過去の再現ともいえ、そこから新しい表現を生み出すのは簡単ではないでしょう。私たち人間と同じように、読んだものをただ再現するだけでは創作になり得ないという課題を、ＡＩも抱えているのです。

覚えること／忘れること／忘れられないこと

言語モデルは、学習データにある言葉の並びを学んでいきます。これまで見てきたように、一度ウィキペディアで学んだモデルは、ウィキペディアらしい言葉の使い方を獲得していきました。しかし、そのあとで歌人の歌を学んだモデルは「ウィキペディアらしい言葉」をいわば「忘れ」て、歌人らしい言葉の使い方を学んでいたようにも見えます。実際、言語モデルは一度学習したものとは性質の異なるデータを学習することで、以前に学んだ内容を忘れてしまうことが知られています。これは、新しく学習した内容でニューラルネットワークの中身が上書きされ、過去に学んだことを忘却してしまう現象です。

一方で、人にはどうしても忘れられない、といったことがあるように思います。それは良い意味では、ある体験に心を動かされて「忘れられない」、悪い意味では、ひどく傷ついて「忘れられない」、どちらも、忘れようと思っても忘れられないものとして、その人の未来へ影響を及ぼしていきます。

きっと皆さんも、たくさんの歌を読んでいくうちに驚きや感動があって、「これは忘れられない」と感じる表現に出会うことがあるでしょう。また、自分では意識していなくても「覚えてしまっている」ことがあるようにも思います。私たちに備わっているこの「忘れられなさ」を大事にしながら、忘却を恐れることなくたくさんの歌に触れる。そうすることで、言語モデルとは違う言葉の生成が私たちにできるのかもしれない、と考えます。

この章から学ぶ「短歌入門」

- ●歌集を一冊読む。
- ●歌集の中で心に留まった言葉を使って、短歌をつくってみる。
- ●どこかへ出かけたり、人と会ったり、映画を観たりして、読んだ歌集のことをすべて忘れたふりをして、短歌をつくってみる。

第４章　言葉を飛ばす

言語モデルが言葉を生成するとき

第1章で説明したように、言語モデルは入力された文字列に対して計算される「次にくる言葉の生成確率」から、文字列を生成することができました。図4－1では「今日の天気は」という入力に対する「次にくる言葉の生成確率」を言語モデルによって計算していま す。「晴れ」「曇」「、」という語にそれぞれ20％、15％、13％と生成確率が与えられています。

なお、この時に言語モデルが扱う言葉の単位を「トークン」と呼びます。トークンは、例えば「単語」のような、人にとって自然な文章の区切り方とは少々違っていることに注意してください。図4－1では、入力に与えた「今日の天気は」が「今日の・天気・は」と三つのトークンとして表され、また「晴れ」「曇」「、」のそれぞれのトークンに生成確率が与えられています。

さてここで、「次にくるトークンの中でいちばん確率の高いもの」を選ぶだけでは「自然な言葉の並び」が得られないことが知られています。この「次にくるトークンの生成確率が与えられた中で、どのトークンを実際に選び取っていくのか」という部分にも、さまざまに考えられることがあるのです。

実際に言語モデルが計算するトークンの生成確率を見ながら、「次にくるトークンのなかでいちばん確率の高いもの」を各時点で選び続けて、文字列を生成してみます。なお、ここで扱う言語モデルは、〈短歌ＡＩ〉ではなく、さまざまな文書を学習した汎用的なものです。

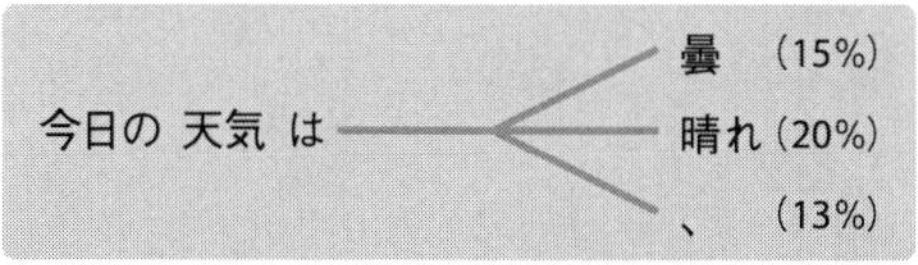

図4-1 「今日の天気は」の次にくる言葉の生成確率

入力 短歌を
トークンの生成確率 詠(13・9%)、詠んだ(9・7%)、投稿(6・0%)、書いて(4・0%)

まず、「短歌を」という文字列をモデルに入力してみました。「トークンの生成確率」に示すのは、各入力に対する生成確率の上位五つのトークンです。ここでは「詠」が次にくるトークンのなかで最も確率の高いものとして計算されています。ですので、「短歌を」に「詠」というトークンをつないだ文字列を新たな入力として、続きの生成確率を計算してみます。

入力 短歌を詠
トークンの生成確率 む(56・4%)、んで(12・6%)、み(11・6%)、んでい

る（7・7%）、んでいた（0・9%）

ここでは、「む」が最も高い確率のトークンとして得られました。先ほどと同様に、「短歌を詠」に続けて「む」というトークンをつなぎ、これを新たな入力にします。以降もこの操作を続けていきましょう。

入力 短歌を詠む
トークンの生成確率 の（11・0%）、とき（4・7%）、ことは（4・7%）、こと（4・5%）、ということ（3・2%）

入力 短歌を詠むの
トークンの生成確率 は（43・8%）、が（17・9%）、好き（9・7%）、に（7・1%）、も（5・0%）

入力 短歌を詠むのは
トークンの生成確率 、〈読点〉（23・1%）、初めて（6・8%）、好き（5・7%）、とても（2・5%）、簡単（2・0%）

入力　短歌を詠むのは、
トークンの生成確率　短歌（7・8%）、とても（1・5%）、その（1・5%）、今（1・2%）、俳句（0・9%）

入力　短歌を詠むのは、短歌
トークンの生成確率　の（17・5%）、を（14・7%）、が（3・5%）、に（3・2%）、会（2・2%）

入力　短歌を詠むのは、短歌の
トークンの生成確率　魅力（4・3%）、才能（3・5%）、世界で（2・2%）、先生（1・9%）、「〈かぎ括弧〉（1・8%）

入力　短歌を詠むのは、短歌の魅力
トークンの生成確率　を（32・8%）、を知る（5・5%）、を伝える（5・1%）、に（4・5%）、や（4・0%）

このようにして続けた結果、次の文字列が得られました。

・短歌を詠むのは、短歌の魅力を最大限に活かした、新しい短歌の楽しみ方です。短歌は、短歌の魅力を最大限に活かした、新しい短歌の楽しみ方です。短歌は、短歌の魅力を最大限に活かした、新しい短歌の楽しみ方です。短歌は、……

なんだか、何か言っているようで、何も言っていないような文字列です。さらに、同じ文を何度も繰り返しています。まさに壊れたロボットが喋り続けているような雰囲気で、これが「自然な文字列」であるとは到底見なせないでしょう。なお、このようにして、各時点で最も確率の高いトークンを選んでいく手法を「貪欲法」と呼びます。

では、なぜ、この貪欲法では「自然な文字列」を生成することができないのでしょうか。その原因の一つとして、選び取るトークンが「各時点で」最も高い確率を持つという、狭い範囲で考えた場合の最適解でしかない、ということが言えます。

つまり、最も確率の高いトークンは「その時点のみにおいては」最適な選択肢に見えるものの、全体の文脈を考慮すれば必ずしもいいとは限らない、といった場合があるのです。例えば、図4－2を見ると、貪欲法によって選ばれるトークン「晴れ」「。」全体の確率は

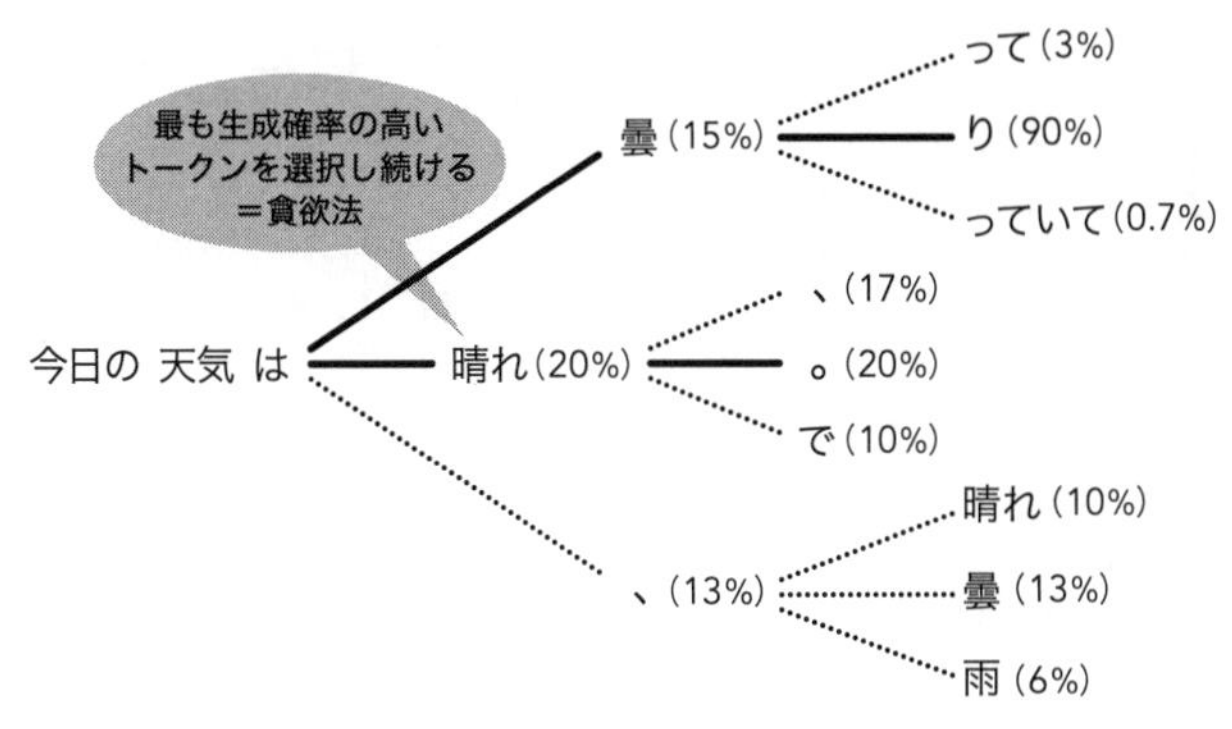

図4-2 「自然な文字列」をつくる「次にくる言葉」とは？

（20％×20％＝4％）となります。しかし、別のトークン「曇」を選べば、全体の確率が（15％×90％＝13・5％）になり、こちらの方がより確率の高い文字列となります。各時点で最も確率の高いトークンを選ぶことでその後の選択肢を狭め、より良い表現ができる機会を逃してしまうのが、貪欲法の大きな欠点と言えるでしょう。そこで、この「次のトークンの選び方」について、これまでにさまざまな手法が提案されています。

いろいろな言葉のつなぎ方

まずご紹介するのが、「ビームサーチ」です。この手法は「次にくるトークンの候補の上位n個を保持しながら、生成した文字列全体の確率が高いものだけ残していく」という方法で文字列を生成します。

この「n個の候補の数」には「ビーム幅」という

名前がつけられています。例えば、ビーム幅を3に設定した場合、モデルは各時点で確率の高い上位三つのトークンを保持し、それぞれについて枝分かれしながら次のトークンの予測を行います。そして、それまでの結果から確率の高い枝を三つ残して、またそれぞれについて上位三つのトークンを選択して……という過程を繰り返していきます。実は、図4-2で表したのはビーム幅3によるビームサーチの例になっていました。この手法により、モデルはより多くの候補を探索することができ、先ほど見た貪欲法よりも、全体として確率の高い、もっともらしい文字列を生成する可能性が高くなります。

試しに、「短歌を詠むのは、」という入力に対して、ビーム幅3で生成した結果を見ると、次のようになりました。

入力 短歌を詠むのは、

生成 短歌を詠むのは、短歌を詠むのが好きな人なら誰しも一度は経験したことがあるのではないでしょうか。今回は、短歌を詠むのが好きな人なら誰でも一度は経験したことがあるであろう、短歌を詠むのが好きな人のための短歌講座をご紹介します。短歌を詠むのが好きな人なら誰でも一度は経験したことがあるであろう、短歌を詠むのが好きな人のための短歌講座をご紹介……

いかがでしょうか。貪欲法による生成より、若干良くなった気がします。しかしそれでも、表現の反復が見られます。そこで、これを防ぐために、ある「トークンの連続」が重複して現れないようにする処理が言語モデルではよく実装されています。ここで、連続する2トークンが重複して現れないようにすると、どうなるか見てみましょう。例えばここでは、すでに入力にある「短歌・を」などが重複しない生成が期待されます。

入力 短歌を詠むのは、

生成 短歌を詠むのは、短歌が好きな人なら誰でも一度は経験したことがあるのではないでしょうか。今回はそんな短歌の魅力について、ご紹介していきますので、ぜひ参考にしてみてくださいね。

このように、先ほどより自然な文章が（やっと）得られました。

さて、一見よさそうに見えるこのビームサーチですが、短歌生成への適用を考えたときには、ある問題が生じます。それは「得られる表現の多様性に限りがある」ということです。例えば、ビーム幅を3としたビームサーチを考えます。このとき、結果として得られるのは三つの枝＝文字列であり、これは入力が同じであれば、何度試したところで変化しません。一方、短歌の生成は〈何か一つに決まった正解〉を持たず、そこではむしろ自由で多様な生成が期待されるでしょう。まったくのでたらめでは困りますが、トークンの並びの自然さを保ちながらも、多様な結果を言語モデルから得るには、どうすればよいでしょうか。

ここで、言語モデルから多様な生成を得るための一つの試行として、トークンを人手で好き勝手に選んでみる、ということをやってみたいと思います。私が各時点で「良いかも」と思えるトークンを、その生成確率の上位にあるものから自由に選びとってみても、きっとそれなりの結果が得られるのではないかと想像します。早速やってみましょう。

入力 短歌を詠むのは、
トークンの生成確率 短歌（7・8％）、とても（1・5％）、その（1・5％）、今（1・2％）、俳句（0・9％）

入力 短歌を詠むのは、とても
トークンの生成確率 難しい（18・2％）、楽しい（14・3％）、大変な（4・8％）、簡単（4・8

%）、大変（3・6%）

入力 短歌を詠むのは、とても大変な

トークンの生成確率 ことで（42・9%）、ことだ（15・8%）、作業（10・3%）、こと（8・8%）、事（3・2%）

入力 短歌を詠むのは、とても大変なことで

トークンの生成確率 す（91・8%）、、〈読点〉（2・2%）、は（2・0%）、も（1・4%）、しょう（0・8%）

入力 短歌を詠むのは、とても大変なことで、

トークンの生成確率 その（2・5%）、しかも（2・1%）、また（1・4%）、多くの（1・1%）、毎日（1・0%）

入力 短歌を詠むのは、とても大変なことで、しかも

トークンの生成確率 、〈読点〉（19・2%）、その（3・2%）、難しい（2・0%）、大変な（1・5

%）、それが（1・5%）

入力 短歌を詠むのは、とても大変なことで、しかもそれが

トークンの生成確率 、〈読点〉（6・1%）、「〈かぎ括弧〉（2・3%）、短歌（1・9%）、とても（1・9%）、楽しい（1・5%）

入力 短歌を詠むのは、とても大変なことで、しかもそれが楽しい

トークンの生成確率 の（11・9%）、もので（9・7%）、こと（8・8%）、もの（6・8%）、ことで（6・7%）

入力 短歌を詠むのは、とても大変なことで、しかもそれが楽しいもので

トークンの生成確率 す（49・2%）、は（16・6%）、も（12・0%）、なければ（5・6%）、、〈読点〉（2・7%）

入力 短歌を詠むのは、とても大変なことで、しかもそれが楽しいものです

トークンの生成確率 。〈句点〉（84・5%）、が（4・9%）、から（2・9%）、よ（2・7%）、ね（2・・

4%）

完成　短歌を詠むのは、とても大変なことで、しかもそれが楽しいものです。

結果、「短歌を詠むのは、とても大変なことで、しかもそれが楽しいものです。」という文字列を得ることができました（そんなふうに思っていたいものです）。いかがでしょう？　モデルが計算する上位のトークンから「その場の思いつき」で選んでいっても、自然な文字列が生成できることがおわかりいただけますか。こういった方法で生成を繰り返せば、さまざまな文字列＝多様性のある表現が得られそうです。

多様な生成を得る手法

いま見たように、トークン選択の過程にランダム性を導入して、多様な生成を得る手法が提案されています。この手法は「サンプリング」と呼ばれ、またその中でいくつか異なる方法があります。先ほどは人手でトークンを選んでいきましたが、コンピュータではどのようにして選び取っていくのか、例を交えて説明しましょう。

入力 短歌を詠むのは、

トークンの生成確率 短歌（7・8%）、とても（1・5%）、その（1・5%）、今（1・2%）、俳句（0・9%）

ここで、「短歌を詠むのは、」という入力に対していちばん生成確率の高いトークンは「短歌」です。しかし、「とても」「その」「今」といったトークンも「短歌」よりは確率は低いけれど、それに続く候補として計算されています。

「サンプリング」では、トークンに与えられた確率に従って、そのうちのどれか一つを選んでいきます。これによりトークンの選択に幅が生まれ、かつ毎回の生成によってその内容が変化します。

もっとも単純なサンプリング手法として、「Ｔｏｐ－Ｋサンプリング」があります。これは、各時点で計算される候補の上位Ｋ個から、確率に従ってトークンを選んでいくという手法です。先ほどの例では、Ｋ＝３とすると「短歌」「とても」「その」のどれか一つを選んで、文字列を生成することになります。実際に、Ｋ＝３で得られる生成の例をいくつか見てみましょう。

入力 短歌を詠むのは、

生成（K＝3の出力例）

・短歌を詠むのは、短歌を詠んでみようという気持ちが一番の動機だと思います。
・短歌を詠むのは、短歌が大好きで、短歌にのめり込んでいる人ばかりです。
・短歌を詠むのは、短歌が好きな人なら誰でも、誰でも、だれでも、誰でも、誰にでもできる。

いかがでしょうか。確かに、多様なテキストが生成されています。また、毎回の生成でその内容が変化するので、何が出るかわからないものを待つ「生成ならではの楽しみ」が生まれたような気がします。一方で、「誰でも」を繰り返す、不自然な生成もまだ見られました。そこで、Kの値をもっと大きくしてみましょう。これまでは生成確率の上位3トークンから選んでいましたが、たとえばこれを1000として、上位1000個の中から選んでいくようにしてみます。

入力 短歌を詠むのは、

生成（K＝1000の出力例）

・短歌を詠むのは、その人にとっての「歌」であり、その人にとっての「短歌」は、その人の「心情」を反映しているもの。
・短歌を詠むのは、とても難しいことで、短歌を詠んだとしても、それが誰かの心に残ることは、まずない。
・短歌を詠むのは、短歌の魅力を存分に発揮するのに、一番手っ取り早い方法だと思います。

これまでとは全く違う、豊かな言葉の並びが得られました。「短歌を詠むこと」に対する、さまざまな意見が集められているようにも見えます。中にはずいぶん厳しい言葉もありますね。

単純にK個の候補からサンプリングするのではなく、もう少し工夫を加えた手法もあります。その一つが、生成確率の合計がｐ％以上になるまでの上位の候補から選ぶ「Ｔｏｐ－ｐサンプリング」です。Ｔｏｐ－ｐサンプリングは、確率の極端に低いトークンを選んでしまったり、またその逆に確率の高いトークンを見過ごしてしまうといったことを防ぐことができます。

例えば、ある時点で次にくるトークンとして「短歌」の確率が99％で、他の語の確率が非常に小さい（つまり、それを選ぶと不自然に感じられる）場合があったとします。この時、Ｋ

＝2以上のＴｏｐ－Ｋサンプリングでは、その小さな確率のトークンを選んでしまう可能性があります。一方、ｐ＝90％としたＴｏｐ－ｐサンプリングでは、「短歌」のトークン一つで確率が90％を超えていますので、この「短歌」だけを候補として、他の小さな確率を持つトークンは無視して生成するといったことができます。

次頁と次々頁の四つの棒グラフは、Ｋ＝10としたＴｏｐ－Ｋサンプリングと、ｐ＝30％としたＴｏｐ－ｐサンプリングにおける、トークン候補の数を示しています。上側二つのグラフが示す「今日の天気は」という入力では「晴れ」「曇」の2トークンで生成確率の合計が30％を超えるため、Ｔｏｐ－ｐサンプリングはこの二つを選択候補とします（図4－5）。一方、Ｔｏｐ－Ｋサンプリングでは「、」以降の、より確率の低いトークンまでが候補に入っていることがわかります（図4－3）。下側二つのグラフに示した「今日の天気は、晴れです。そして、」という入力に対しては、次にくるトークンの生成確率はどれも小さいため、Ｔｏｐ－ｐサンプリングの候補数と、Ｔｏｐ－Ｋサンプリングの候補数はどちらも10になっています（図4－4、図4－6）。モデルが計算するトークンの生成確率に合わせて、動的に候補の数を変えられるのがＴｏｐ－ｐサンプリングです。

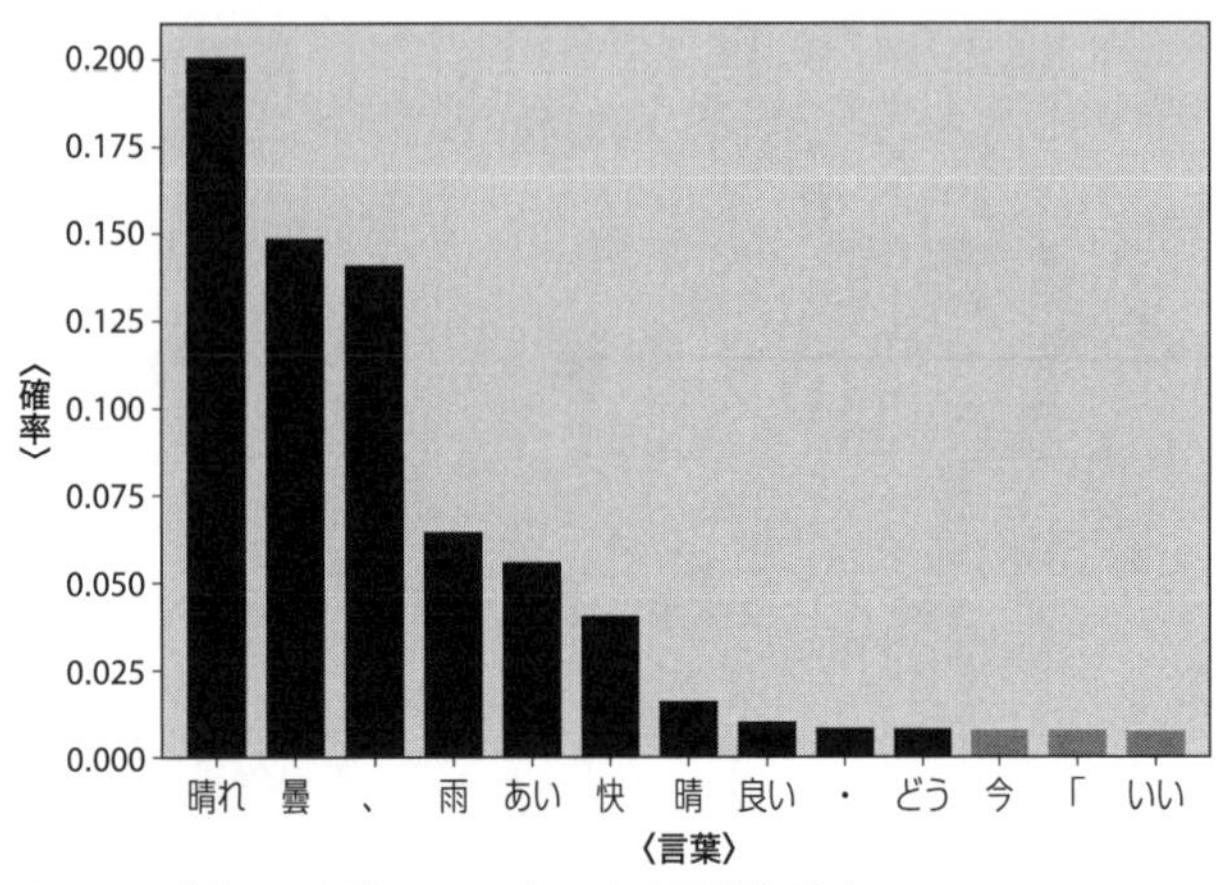

図4-3　「今日の天気は」の次にくる言葉と確率

Top-K, K=10

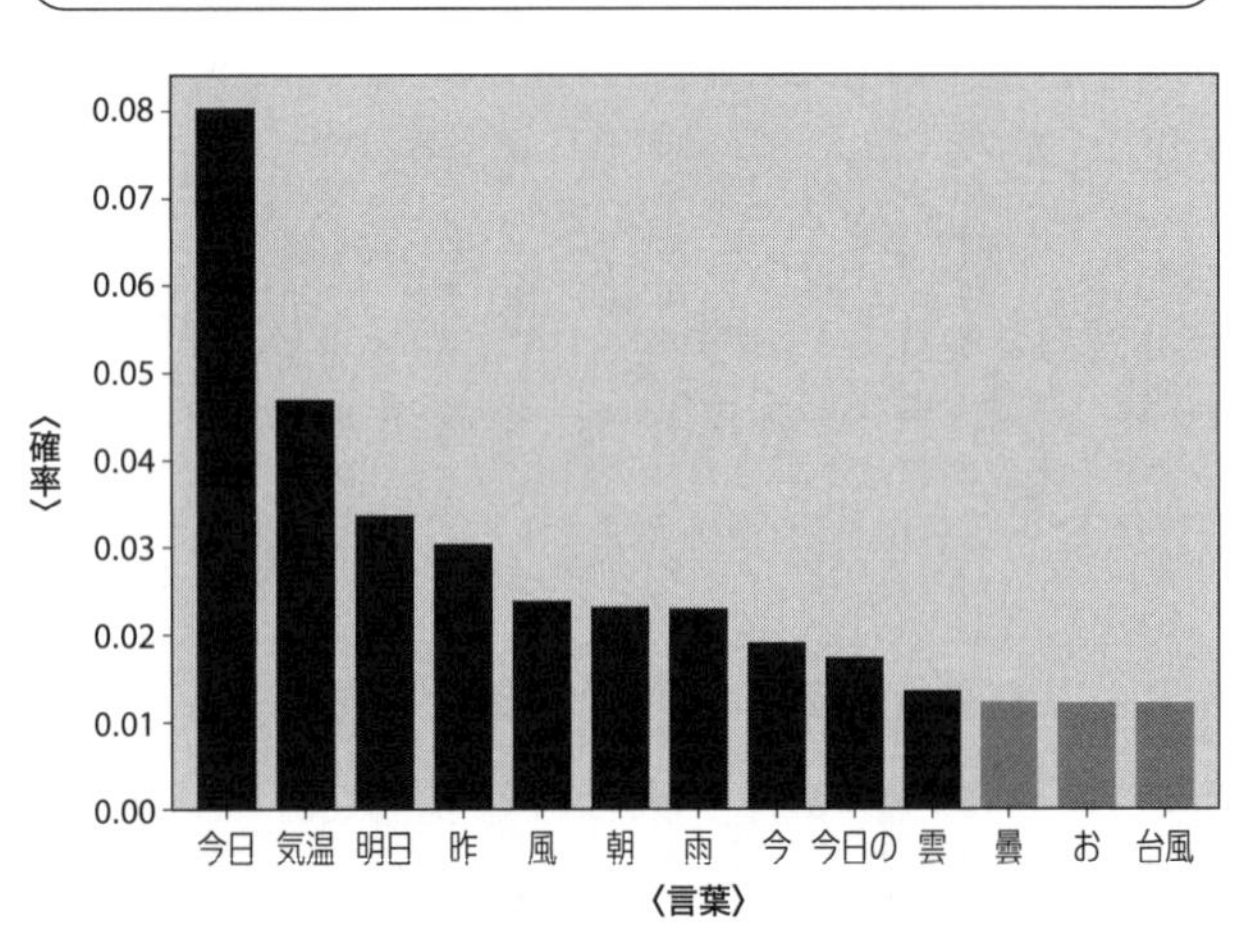

図4-4　「今日の天気は、晴れです。そして、」の次にくる言葉と確率

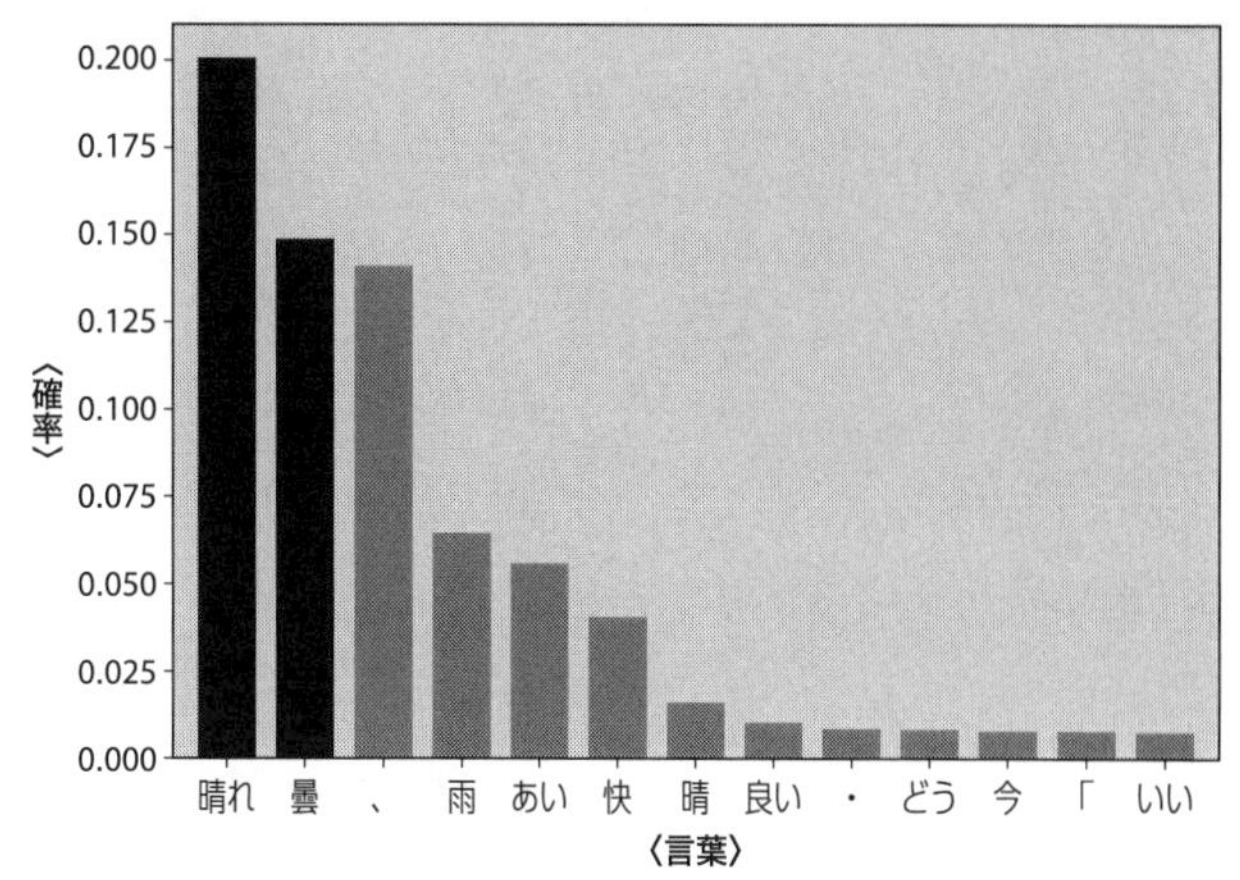

図4-5　「今日の天気は」の次にくる言葉と確率

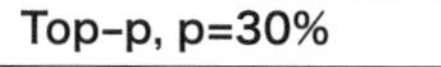

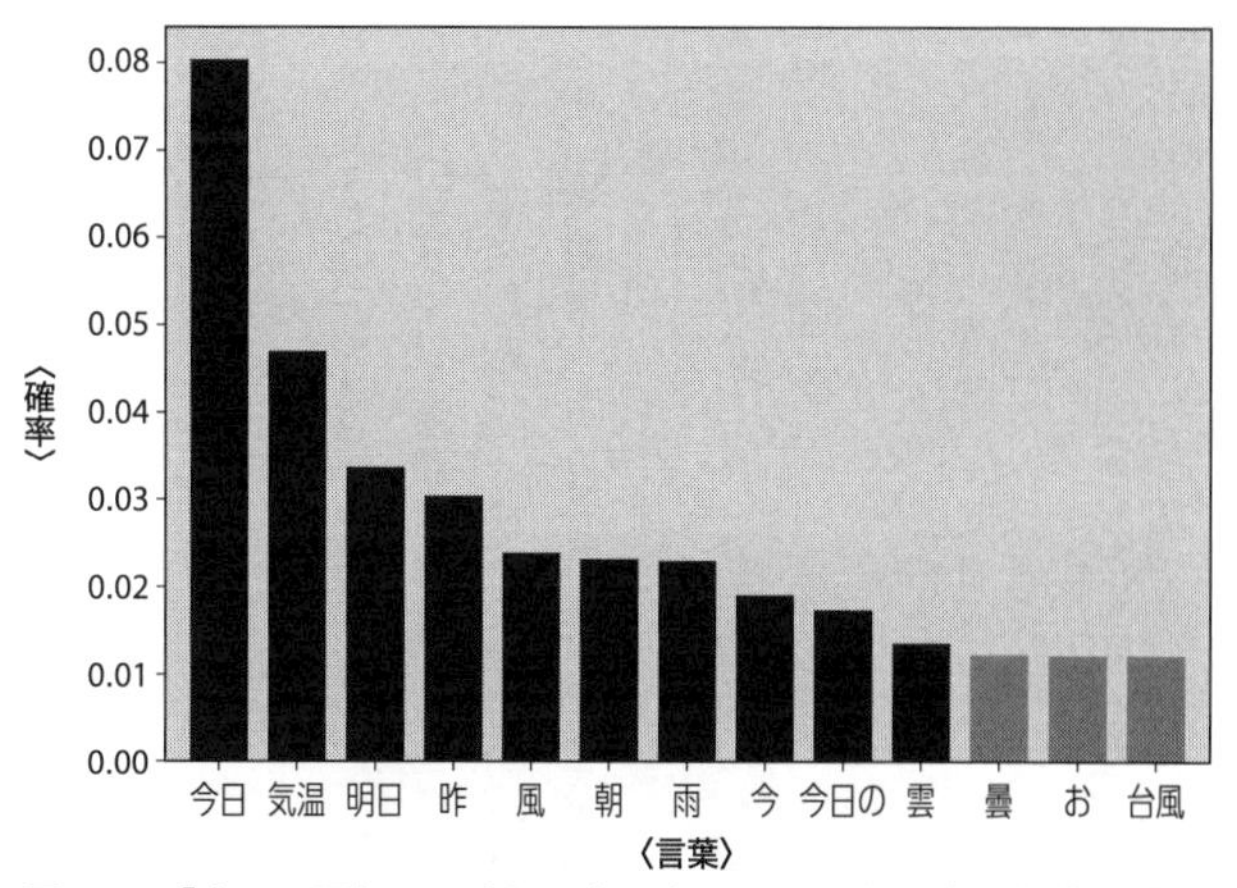

図4-6　「今日の天気は、晴れです。そして、」の次にくる言葉と確率

p＝30％、90％としたTop−pサンプリングの生成例を見てみます。

入力 短歌を詠むのは、

生成（p＝30％の出力例）

・短歌を詠むのは、その人の人生を豊かにするのにとても重要なことです。私は、短歌を詠むことを通して、人生の豊かさや喜びを実感しています。短歌を詠む……

・短歌を詠むのは、短歌の先生に教えてもらってから、ずっと続けてきました。短歌は、自分の言葉で、自分の心に響くものを探しています。短歌は、自分の言葉で、自分の心に……

・短歌を詠むのは、その人自身です。その人自身が短歌を詠むことで、短歌はより一層、深みを増します。短歌を詠むことで、その人自身を、より深く、より深く……

入力 短歌を詠むのは、

生成（p＝90％の出力例）

・短歌を詠むのは、自分の心にひそむ不安や苦しみを、その心の奥深くから解き放ってくれるからです。今日もお疲れ様でした。今日も楽しく過ごせました

・短歌を詠むのは、そんなに上手ではない私でも、短歌というジャンルはとても好きです。今回は、「短歌という響き」や、「短歌で人を想う」ことについて、少し調べてみたいと思います。そう考えると、短歌……
・短歌を詠むのは、人生を豊かに過ごす上でも、大切なことなのかもしれませんね。

いかがでしょうか。p＝30％にはまだ繰り返しが見られますが、いずれもTop－Kに比べるとさらに自然で、ひょっとするとこれらを書いた「人」の雰囲気まで想像できてしまうかもしれない、そんな生成になったと感じませんか。最初に見た貪欲法による結果と比べると、まるで違う言語モデルが生成しているような感覚すら覚えます。同じ言語モデルでも、そこから言葉を選び取るという方法を変えるだけで、これだけ違った結果が得られるのです。

言語モデルから言葉を生成するのは、なかなか一筋縄ではいかないということがおわかりいただけたでしょうか。ここに、短歌の生成における課題や、さらには私たち人間が言葉をつないでいくという行為に対する、新たな視点を提供する可能性を感じます。

「生成パラメータ」による調整

これまでに見た生成手法では、ビームサーチのビーム幅や、Ｔｏｐ－ＫのＫ、Ｔｏｐ－ｐのｐといった、生成するときに設定できる値がありました。このような生成時の設定を「生成パラメータ」と呼び、この値によっても結果は大きく変化します。

まずは、Ｔｏｐ－Ｋにおける選択候補の数であるＫの値をさまざまに変えながら、生成の違いを見てみましょう。

K＝1

・短歌を詠むのは、短歌の魅力を最大限に活かした、新しい短歌の楽しみ方です。短歌は、短歌の魅力を最大限に活かした、新しい短歌の楽しみ方です。短歌は

・短歌を詠むのは、短歌の魅力を最大限に活かした、新しい短歌の楽しみ方です。短歌は、短歌の魅力を最大限に活かした、新しい短歌の楽しみ方です。短歌は

・短歌を詠むのは、短歌の魅力を最大限に活かした、新しい短歌の楽しみ方です。短歌は、短歌の魅力を最大限に活かした、新しい短歌の楽しみ方です。短歌は

K＝10

・短歌を詠むのは、とても楽しいことです。でも、それと平行して、短歌にも様々な楽しみ方があります。
・短歌を詠むのは、短歌を詠むのが好きな方ならどなたでもできます。初心者の方も、経験者の方も歓迎です。
・短歌を詠むのは、初めてでした。でも、おしゃれでした。とても、素敵な短歌でした。ありがとうございました。

K＝100

・短歌を詠むのは、とても良いことです。それは、短歌を詠んだ人達と交流することです。短歌を詠むと心が洗われるような気になります。
・短歌を詠むのは、今から10年以上前は、それほど珍しくはありませんでした。
・短歌を詠むのは、短歌を詠むことの喜びをより深く感じ、より豊かな感性を養うためです。

K＝1000

・短歌を詠むのは、生まれた時から生きているからこそ出せる芸なんだという風に気が付いてからというもの、自分を今まで以上に美しいとは意識しなくなりました。

・短歌を詠むのは、字に恋をするのではなく、希望を持つこと。きみは自分を人間だと思う？

・短歌を詠むのは、日ごろの努力の成果だ、そう私たちが昔から、魂のクリーニングを念じながら、短歌を詠み続けた道のりは、決して短くはありません。

Ｋ＝１の場合は、先ほどの貪欲法と同じ結果が得られています。そこからＫの値が大きくなるにつれ、文脈から容易に想像される表現を超えた「意外な」生成が現れているのがご覧いただけるのではないでしょうか。Ｋ＝１０００の生成例にある「字に恋をするのではなく、希望を持つこと。きみは自分を人間だと思う？」や、「魂のクリーニング」といった表現には、少し驚いてしまうと言いますか、私自身では想像しえない、言語モデルで生成しなければ得られなかった言葉の飛躍を生んでいると感じます。

次に、Ｔｏｐ－ｐのｐの値を変えると、どうなるでしょう。

ｐ＝０％

・短歌を詠むのは、短歌の魅力を最大限に活かした、新しい短歌の楽しみ方です。短歌は、短歌の魅力を最大限に活かした、新しい短歌の楽しみ方です。短歌は

・短歌を詠むのは、短歌の魅力を最大限に活かした、新しい短歌の楽しみ方です。短歌は、短歌の魅力を最大限に活かした、新しい短歌の楽しみ方です。短歌は
・短歌を詠むのは、短歌の魅力を最大限に活かした、新しい短歌の楽しみ方です。短歌は、短歌の魅力を最大限に活かした、新しい短歌の楽しみ方です。短歌は

p＝30％

・短歌を詠むのは、短歌の世界で有名な人達ばかりです。その中でも、特に有名なのが、…
・短歌を詠むのは、短歌の才能を磨くこと。短歌は、短歌の表現の仕方によって、様々な意味があります。今回は、短歌の表現の仕方について、ご紹介します。
・短歌を詠むのは、その人にとっての「人生の目標」であり、その目標に向かって、日々の努力を積み重ねることが、短歌の醍醐味です。

p＝60％

・短歌を詠むのは、私にとっての至福の時です。私の人生において、短歌は私の宝物です。短歌は、人生の貴重な瞬間です。
・短歌を詠むのは、ただ単に短歌を詠むだけではなく、その背景にある様々な問題や想い

が、その人の心に響くように詠みます。
・短歌を詠むのは、まだまだ先のことかもしれませんが、これからも、よろしくお願いいたします。

p＝90％

・短歌を詠むのは、その時代、社会、思想が反映されています。もちろん、それこそ日本独特の歌でもあります。
・短歌を詠むのは、私にとって至難の業です。なぜなら、短歌は、人に見せられるものだからです。それなら、まず短歌に書くのをやめるところから始めてみましょう。
・短歌を詠むのは、誰でも出来るように思えるが、やはり自分の才能が試されることも多いのだなぁ。

p＝0％では、トークンの生成確率上位の合計が0を超えたところまでを候補とするので、先ほどの貪欲法や、Top-KでK＝1とした場合と変わりません。この値を少しずつ大きくしていくと、先ほどと同じように、多様な生成が得られるのがわかるでしょう。

Top-pの特徴として、〈多様かつ自然〉という点が挙げられます。「日々の努力を積み重ねることが、短歌の醍醐味」「その人の心に響くように詠みます」「私にとって至難の業」「誰でも出来るように思えるが、やはり自分の才能が試される」……。「短歌を詠む」ことに関して、まるで「わかっている」人間が語っているようです。Ｔｏｐ－Ｋのような突飛な表現は見られませんが、より自然と言える文字列が多様に得られています。

確率を「ならす」か「尖らせる」か

これらの値に加えて、各手法に共通するパラメータとして〈温度〉(temperature)があります。言語モデルに温度？　と不思議に思われるかもしれませんが、このパラメータは物理学における温度の概念に由来します。物質の粒子が高温で活発に動くように、このパラメータの値が高いほど、モデルが生成するテキストのランダム性も高くなります。

具体的には、〈温度〉は言語モデルの計算する確率を「ならす」か「尖らせる」かを調節し、これを1以上に設定すると確率が「ならされ」ます(図4－7)。砂場を板でならすように、出っ張っている部分は凹(へこ)み、凹んでいるところへは砂が流れ盛り上がるように、確率の値が平らになるのです。つまり、確率の高いトークンは低く、確率の低いトークンは高く、その差を埋めるような操作が行われます。これによって、よりランダム性の高い生成が得られます。

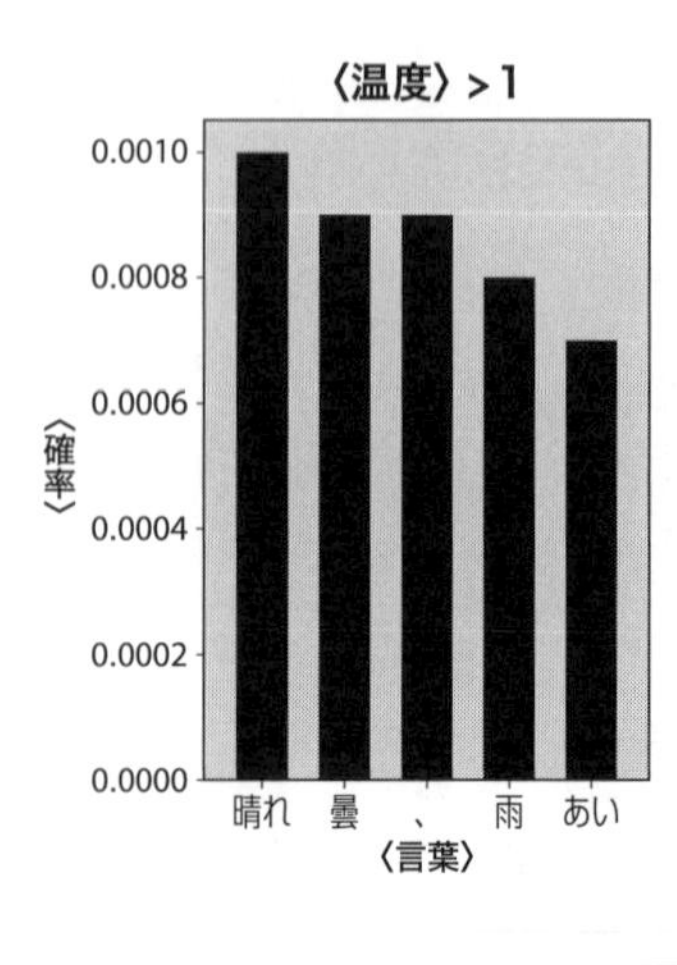

図4-7　〈温度〉の設定で生成確率の凸凹が決まる
（「今日の天気は」の次にくる言葉と確率）

一方これを1以下に設定すると、確率が「尖り」、つまり確率の高いトークンはより高く、低いトークンはより低くなり、結果として確率の高いトークンが選ばれやすくなります。以下では、K＝100のTop-Kサンプリングにおける、〈温度〉の値を変えた例を挙げてみます。

〈温度〉＝0・01

・短歌を詠むのは、短歌の魅力を最大限に活かした、新しい短歌の楽しみ方です。短歌は、短歌の魅力を最大限に活かした、新しい短歌の楽しみ方です。短歌は

・短歌を詠むのは、短歌の魅力を最大限に活かした、新しい短歌の楽しみ方です。短歌は、短歌の魅力を最大限に活かした、新しい短歌の楽しみ方です。短歌は

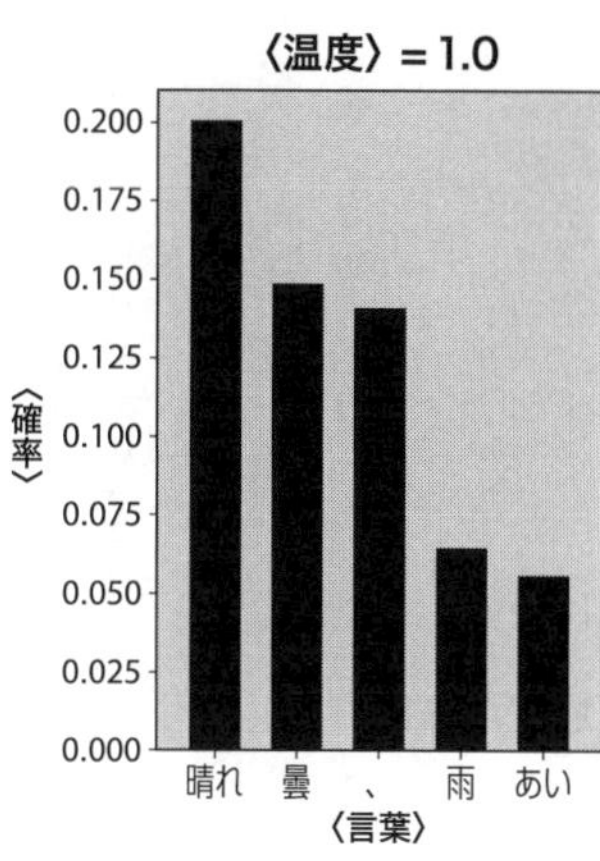

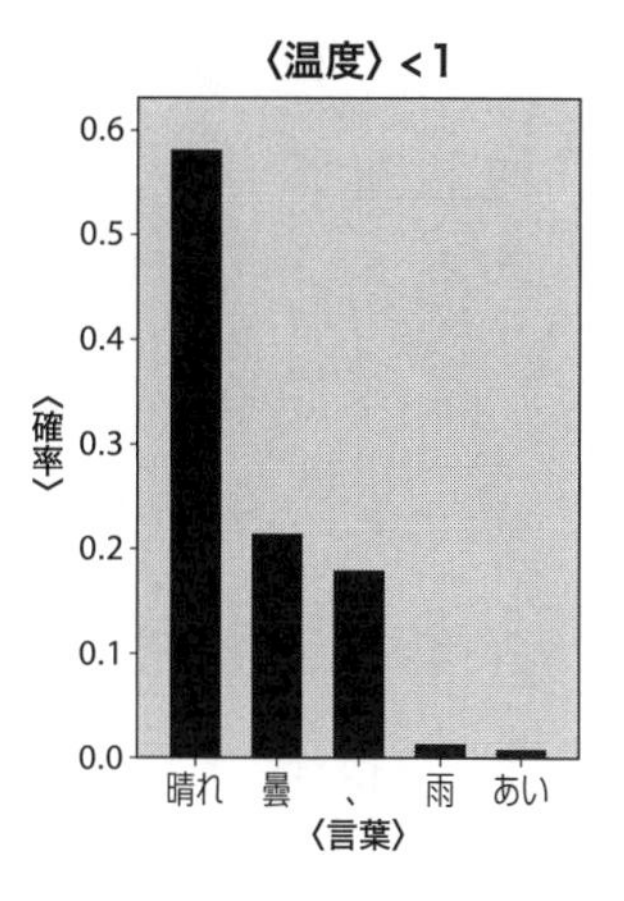

・短歌を詠むのは、短歌の魅力を最大限に活かした、新しい短歌の楽しみ方です。短歌は、短歌の魅力を最大限に活かした、新しい短歌の楽しみ方です。短歌は

〈温度〉＝0.5

・短歌を詠むのは、短歌の魅力を最大限に活かした、新しい表現方法だと感じています。

・短歌を詠むのは、自分の内面の美しさや、自分の表現したいもの、自分の心境を表現できる場を、短歌という媒体を通して、広く、広く、広げていきたいと思います。

・短歌を詠むのは、ある意味、修行のようなもの。しかし、短歌を詠むことは、それだけではありません。短歌を詠むことで、自分の心が豊かになっていくのを感じることができたら、そ

れはとても幸せなことで

〈温度〉＝1・25

・短歌を詠むのは、人生の中のほんの日常のことだけではないんです。詠まれ続けた、歌を愛し続ける人生だった。私は、そこに生きたのだ。歌は人生を紡いだ。歌は日々を運んでくる

・短歌を詠むのは、いつもどこかへ消え忘れてしまう自分にとって新たな出会いとなりました。

・短歌を詠むのは、そんな私の日々、いや生活の一部だったようです。私は、30年ほど前、生まれて初めて短歌という単語を読みました。

〈温度〉＝1・5

・短歌を詠むのは、あなた自身が誰かの作品を参考にするという行為の延長にあるのではないでしょうか。それは自由意思で始められる短歌やイラストのスキルでも、文学だって同様にあります。

・短歌を詠むのは、ただ歌に酔わねばなりません。でも歌が素朴であることが一番重要な

ことも忘れてはなりません。

・短歌を詠むのは、私で大部分を占める私小説だと思う（14冊→37冊）

〈温度〉＝2・0

・短歌を詠むのは、初めてだ（私には、想像力がないので）私には夢だぜ…↑そう！　やむを得るよ〈ｒｔ〉続き・現代まで至った暁に…」今さら言っていてはな…
・短歌を詠むのは、歌に恋しちゃうんだから――。そう云うのでしょう、実は、この〝気〟で歌っている気合みたいな「場」があることを知っても何なのか気にはなりません？
・短歌を詠むのは、短歌によって誰かを楽にするための目的で始める人が多いもののひとつであるはずだ。本を読むという目的だけを目的とする短歌や創作活動は避けながら人生を重ねていくことになるだろう。

〈温度〉が大変小さく、0に近い場合は貪欲法と同じ結果を得ています。この値を大きくすればするほど、意外性の高い内容が得られる一方で、〈温度〉＝2・0では突飛な表現を超え、文として破綻を迎えているものまでが生成されています。

生成パラメータの設定を変化させることによって、同じ言語モデル、同じ入力、同じ生成手法であっても、全く異なる生成が得られることがわかりました。入力の表す文脈に近い内容から、飛躍のある内容、また支離滅裂な内容まで得られ、このバランスの調節が生成において重要であるということがわかります。

「当たり前」な短歌を生成する

では、〈短歌ＡＩ〉で生成手法やパラメータを変化させると、どんなことが見えてくるか試してみましょう。用意するモデルは、ウィキペディア日本語版から抽出した擬似短歌を学習した短歌ＡＩです。つまり、無味乾燥な語の並びを生成する、私たちの普段使いの言葉で短歌をつくるモデルとなります。ここでさまざまな設定から生じる生成の変化を見ることで「日常的な言葉から、どれだけ飛躍しながら短歌をつくっていくか」を観察してみることにします。

まずは、先ほどのビームサーチを使って「入力される文脈から飛躍のない言葉」をつないでいくと、どんなものが生成されるのかを見ていきます。ここで、「見えてくる」「街角の」「学校に」「パン屋では」「目が醒めて」と異なる五つの初句を用意して、これを入力とする結果を観察してみます。

入力 見えてくる
生成 見えてくるその先にある新しい世界へ飛び込んでいく勇気

入力 街角の
生成 街角の人々の間で評判が悪くなり別れを告げられる

入力 学校に
生成 学校に行くのをやめてフリーターあるいは無職あるいは無業

入力 パン屋では
生成 パン屋では客の好みを聞きながら商品を決め袋に詰める

入力 目が醒めて
生成 目が醒めて夢を見ているのんびりとのんびりするのがスタイルである

いかがでしょうか。どの生成も、なんだか「当たり前のこと」を歌にしているように感じませんか。

「見えてくる」では、何か未来の出来事に対するポジティブな感覚を、素直に表現しているように読めます。「学校に」では、「学校を辞めてフリーターになった」ことをただただ綴っています。「パン屋では」の例も、パン屋で日常繰り返されているであろう出来事を記述していて、なんだかこれを「短歌である」という前提で読んでいくと、むず痒いような感じがします。

それでも少し面白いと感じられるのが、「目が醒めて」でしょうか。「目が醒めて」も「夢を見ている」と入力から素直に言葉をつないでいますが、そこからさらに、「のんびりとのんびりするのがスタイルである」と開き直った宣言をしているのに、脱力してしまいます。一方で、その脱力感が文脈から飛躍のない雰囲気に不思議と合っていると感じるのは、言語モデルに優しすぎる読みでしょうか。

つまらなさへの固執

次に、入力として与える内容に、もう少し文脈を追加した生成を試してみたいと思います。

「見えてくる」には「川の向こうに」という言葉を追加してみました。「川」によって風景を与えて、「向こうに」何が見えるのか、この後の流れに少しの期待をうむ言葉を足しています。「街角の」では「影がくっきり」を与え、さまざまなものが雑多に存在している街の一点に視線を集中させせています。「学校に」に対しては「置き忘れてた」と、時間の幅を感じさせる言葉を置き、「パン屋では」では「ちょうどその頃」と時間をごく短い間に固定しています。「目が醒めて」では「匂いを嗅いで」とつないで、嗅覚という人間が持っている感覚をその内容に付与してみました。

入力 見えてくる川の向こうに
生成 見えてくる川の向こうに きりぎりす鳴く鹿の声われに母なく

入力 街角の影がくっきり
生成 街角の影がくっきり 浮かぶまでしばらくかかる場合も多く

入力 学校に置き忘れてた
生成 学校に置き忘れてた 教科書が発見された事件があった

入力 パン屋ではちょうどその頃
生成 パン屋ではちょうどその頃見習いの制服として白の短パン

入力 目が醒めて匂いを嗅いで
生成 目が醒めて匂いを嗅いで恋しくて目を覚ましたの朝だったのだ

「見えてくる川の向こうに」は、けっこう短歌っぽい生成が得られています。これはひょっとしたら、学習データ中に含まれる短歌らしい言葉の並び方が、たまたま生成された例かもしれません。

「街角の影がくっきり」では「浮かぶまで」とつないでいて、それから何が起こるのだろうと期待をさせてくれますが「しばらくかかる場合も多く」と、なんだか煙(けむ)に巻かれてしまったようなところで終わりを迎えています。

「学校に置き忘れてた」では、即「教科書が発見された事件」とつないでしまっていて、こんなふうにいうのも安易かもしれませんが、詩的な飛躍に至らず、現実的なところで表現が落ち着いてしまった感があり、かつそれが何かの効果を生んでいるかというと、特に何もないという印象です。

「目が醒めて匂いを嗅いで」では少し頑張っているようにも読めます。しかし、「目を覚ました」と入力とほぼ同じ内容を生成していて（「醒めて」が「覚ました」へと表現の変わる、凝ったリフレインかもしれない、と読めなくはないですが）、また「目が醒めた時の恋しさ」をベッドから一歩も出ることなく、とても小さなスケールで表現しているように感じます。

ここでは、ウィキペディア日本語版の記事から抽出された擬似短歌を学習した短歌ＡＩの、ビームサーチによる生成の結果を眺めてきました。私たちが日常で目にする一般的なテキストを学習した言語モデルから計算される、確率の高いトークンを並べた短歌生成では、「型」は守っていても、それを短歌とはどうも呼びづらい、「歌」にはなっていないものたちがほとんどであるという結果が得られました。

これらの生成をなぞっていくと、「ああ、なんでそんなに素直なのだろう」と言いたくなってしまうようなものばかりです。もっと言えば、「短歌にできそうなのに、なりそうなのに、絶対にそうはさせない」ような「つまらなさへの固執」すら感じます。この結果は、私たちが歌をつくるときには「普段の日常生活で使っている言葉から一度離れる必要がある」という、当たり前のことを教えてくれているのかもしれません。

「飛んだ」短歌を生成する

では、いま見た例とは逆に「もっと確率の低いトークンを積極的に選んでいく生成」を試してみると、いったいどのような結果が得られるでしょうか。

次の生成は、Ｔｏｐ－ｐのｐを１００％、さらに〈温度〉を4と、生成中で低い確率として計算されるトークンを選びやすい、文脈からの飛躍をとても大きくした設定による短歌たちです。なお、入力は先ほどの例と同じものとします。

入力 見えてくる
生成 見えてくる確信というアルバム、またはそれに先行したという

入力 街角の
生成 街角のオルガン吹きと無オルガン教師という組み合わせとなる

入力 学校に
生成 学校に向かう途中の少女鉄神像の間を列車が抜けた

入力 パン屋では

生成 パン屋では働いているふりをするやってしまった店員もいる

入力 目が醒めて

生成 目が醒めて顔を覆ったときの流れ眠りについてきた体

いずれも、けっこう面白い生成になっています。「見えてくる」では「確信というアルバム」、「街角の」では「オルガン吹きと無オルガン教師」、「学校に」では「少女鉄神像」と、不思議な「もの」がここではたくさん生み出されているのがわかります。特に「無オルガン教師」や「少女鉄神像」といった言葉は、私たちの日常から遠く離れた別世界の存在を表しているようにも感じられます。

さらに、「パン屋では」では「働いているふりをするやってしまった店員」、「目が醒めて」では「顔を覆ったときの流れ」「眠りについてきた体」といった「もの」を超えた不思議な組み合わせの表現が得られました。いずれも私たちの日常的な言葉から遠く離れていて、これが「短歌らしい」と言えるのかどうかはさておいて、「なにやら普通ではない」印象を残しています。

続いて、先ほどと同様に、入力により具体的な文脈を与えた場合の生成例を見ていきましょう。

入力 見えてくる川の向こうに
生成 見えてくる川の向こうにある島の海が見えるそこだけが私

入力 街角の影がくっきり
生成 街角の影がくっきりふりまわり照明までも仮想上での

入力 学校に置き忘れてた
生成 学校に置き忘れてた鍵をかけ学校を消し母親はそれ

入力 パン屋ではちょうどその頃
生成 パン屋ではちょうどその頃ベーリング山をパン生地猟基地として

入力 目が醒めて匂いを嗅いで

生成　目が醒めて匂いを嗅いでまだ枕の沼にかかる無理があるだろうか

「そこだけが私」「くっきりふりまわり」「学校を消し」といった表現は、これもまた日常的な言葉から離れた表現である上、少し短歌っぽいような雰囲気を感じます。これまでの生成より、ぐっと「らしく」なったと言えばよいでしょうか。これは、このモデルが「ほんとうの短歌」を学習していないことをふまえると、不思議な結果にも思えてきます。

しかし、「ベーリング山をパン生地猟基地として」「まだ枕の沼にかかる無理があるだろうか」といった生成は、かなり「飛んだ」表現になっています。これらはいかにもランダムな結果と言いますか、その文字列の意味するところが非常に摑みにくく、いずれもそれまでの内容からは想像のつかない意外性を生んでいますが、「それだけ」と言ってしまえばそれだけです。もっともそれは、読み手である私の能力によるところかもしれませんが、「意味がわからない」と感じる方は決して少なくないでしょう。

Ｔｏｐ－ｐサンプリングと〈温度〉の値をなるべく飛躍が生まれるように設定した下での、ウィキペディア日本語版から抽出した擬似短歌を学習した短歌ＡＩの生成を見てきました。私たちが日常で目にするような一般的なテキストを学習した言語モデルによって計算される、確率の低いトークンまで取りに行く、飛躍を生むような生成を行った場合では、確かに意外性のある内容が多く得られることがわかりました。なかには「短歌っぽい」と感じられるものもあり、日常の言葉から離れることで「らしさ」を生むことができると言えそうです。

一方で、ここで得られた短歌たちは、どれも飛躍の過ぎる、「飛んだ」ものばかりでした。これまでの結果が示しているのは、先ほどの「当たり前」な言葉の並びと今回の「飛んだ」文字列の間に、私たち人間がつくりたい「ほんとうの短歌」が存在しているということではないでしょうか。

ちょうどよいところへ短歌を着地させる

ここまでで見えてきたのは、言葉を一つ一つ、つなげながら短歌をつくっていくとき、文脈からの飛躍がなさすぎても、ありすぎても、あまりいい結果は得られないということでした。つまり、この「言葉の飛躍」のバランスを探っていって、自分がいいと思えるところに短歌を着地させる必要がある、と言えそうです。

このバランスを見つけるためには、あえて飛躍のない語を考えてみたり、その逆にジャンプをさせる、といったことを重ねていく必要があるでしょう。そこで、毎回の生成ごとにパラメータを調節しながら、「ちょうどよいところへ着地する」短歌が得られないか試してみます。

まず、先ほども取り上げた「見えてくる」で試してみます。「見えてくる」に続く言葉は、「何が見えてきているのか」という想像を誘う内容になるでしょう。ここには、少し意外性が欲しいところです。そこで、Ｔｏｐ－ｐ＝１００％、〈温度〉＝２・０でランダム性の高い生成を行ってみます。

入力 見えてくる

生成〈Ｔｏｐ－ｐ＝１００％、〈温度〉＝２・０〉

見えてくる空間的な法則とそれに類するアイディアや技術
見えてくる現実と空想境界線が崩れていくさまが美し
見えてくる世界と自分の立ち位置を知っておくのは大事なこと
見えてくる街角の貴婦人達女になれば蝶結び
見えてくる未来へのパスワールドの案内役になってくださる
見えてくる喜びのためあくびから生まれくる実を感謝しながら

飛躍のある、複数の方向性を示すような結果が得られました。特に、「喜びのためあくびから」という表現は、見えたのは何か具体的なものではなく「喜び」だったという小さな驚き、またそれが「あくび」へとつながるちょうどいい飛躍を持っているように感じます。ここでこの「喜びのためあくびから」を採用して、今度は少し飛躍を抑えた生成を行ってみます。Ｔｏｐ－ｐ＝80％、〈温度〉＝１・０としてみましょう。

入力 見えてくる喜びのためあくびから

生成（Ｔｏｐ－ｐ＝80％、〈温度〉＝１・０）

見えてくる喜びのためあくびから涙がこぼれ涙のなかの
見えてくる喜びのためあくびから生まれてきたる喜びのため
見えてくる喜びのためあくびから生まれるものでもないだろうに
見えてくる喜びのためあくびから涙ぐむまで耐え忍ぶのが

確かに、これまでの内容をなめらかにつなぐようなものが生成されました。しかし、いずれも平凡な表現ばかりで、つまらないです。そこで、「見えてくる喜びのためあくびから涙がこぼれ」までを新たな入力として、ここからの飛躍を生んでくれることを期待して、Ｔｏｐ－ｐ＝１００％、〈温度〉＝２・５として生成を行ってみます。

入力 見えてくる喜びのためあくびから涙がこぼれ

生成〈Top-p=100%、〈温度〉=2・5〉

見えてくる喜びのためあくびから涙がこぼれ花束になる
見えてくる喜びのためあくびから涙がこぼれ果てしない問い
見えてくる喜びのためあくびから涙がこぼれ下がる感知機
見えてくる喜びのためあくびから涙がこぼれやがて雪へと
見えてくる喜びのためあくびから涙がこぼれ涙をなぐる

いかがでしょう。「涙がこぼれ花束になる」「涙がこぼれやがて雪へと」といった表現は、不思議な余韻を残してくれているように感じます。「涙をなぐる」といった表現は日常から浮遊したような言葉の並びですが、全くのでたらめとも感じられず、意味ありげです。これまでにつくってきた内容からの着地としては、許容しても良いような気がしてきます。

他の入力もこれまでの過程と同様にして、途中途中でパラメータを調節しながら短歌を「着地」させていきましょう。

入力 街角の
生成 街角の女の中の男性として生まれたが生まれすぎた身

入力 学校に
生成 学校に向かう自転車人々を描写した数百点の白

入力 パン屋では
生成 パン屋では昔と同じ形にてもう一度目を開けられる？　また

入力 目が醒めて
生成 目が醒めて雨音を夢で聞いてから夢を見ないで寝るのであった

「当たり前」短歌や「飛んだ」短歌よりはより「らしい」生成ができている、と言ってもよいのではないでしょうか。

文脈を追加した入力で、生成パラメータを変化させながらの「着地」を試みてみます。

入力　見えてくる川の向こうに
生成　見えてくる川の向こうに向かう風あるいは鳥が語りうるごと

入力　街角の影がくっきり
生成　街角の影がくっきりふりかかる太陽からの冷たさに耐え

入力　学校に置き忘れてた
生成　学校に置き忘れてた緑色の小さな石が教師になって

入力　パン屋ではちょうどその頃
生成　パン屋ではちょうどその頃老鳥に卵を産ます場所が少ない

入力　目が醒めて匂いを嗅いで
生成　目が醒めて匂いを嗅いで好きだといい猫になったあとなんとなく死ぬ

「見えてくる川の向こうに……」では、「あるいは鳥が語りうるごと」と、これまでにない淡い表現を得ることができたように感じます。「街角の影がくっきり……」では、「ふりかかる」という動詞、また「街角」から「太陽」へとスケールを大きく変える表現に「ちょうどいい飛躍」を感じませんか。

「学校に置き忘れてた……」では、「小さな石」へと一度浮遊したモチーフが「教師」と学校に関連する言葉にかえってきています。「パン屋ではちょうどその頃……」では、「老鳥」がパン屋に登場しています。「卵を産ます場所」というのも、想像を誘う表現です。またはっきりとした飛躍として、「目が醒めて匂いを嗅いで……」での「好き」から「猫になっ」て「死ぬ」に至るまでのジャンプの連続が挙げられるでしょう。

ここでは、短歌を生成する過程でパラメータを調整し、表現を選び取っていきながらの短歌生成を試みました。「ちょうどいい着地点」を探ることで、時には大胆に、また時には遠慮がちに言葉をつないで、「当たり前」や「飛んだ」短歌とは違う生成を得ることができました。この「言葉の飛躍の調整」は、人間による作歌でも、似たように行われる行為ではないでしょうか。

次の「言葉」をつなぐということ

ここまで、言語モデルが言葉を一つ一つつないで文字列を生成していく仕組み、その難しさと工夫について触れました。その後、生成パラメータによる言葉の飛躍の調整を眺め、そこから実際に短歌をつくってみました。日常の言葉から離れることで、より「らしく」なること、かといって離れすぎても良い歌には辿り着けないことを見ました。言葉の飛躍の具合をバランスさせながら、短歌を着地させることを試み、最後には実際に「ちょうどいい」と感じられる言葉のつなぎを得ることができたのではないかと思います。私たちが実際に短歌をつくる時にも、この飛躍のバランスを探りながら作歌するのが大事と言えるでしょう。

しかし、ここで一つ考えたいことがあります。短歌には、決して頭から歌をつくらなければならないというルールはありません。下の句を先に思いついてから上の句を考えるといった逆さまの順番によるつくり方もあれば、途中の語を置き換えたり、またある「言葉」を種にして前後に言葉を並べていったり、さらにはそれらを組み合わせるといった、より複雑な過程を経ながら「ほんとうの短歌」はつくられているのではないでしょうか。

また、序章でも「『言葉』だけを学習するということ」として触れた通り、言語モデルは言葉が指し示す実世界の事象やそこから受ける感覚と、文字という記号の関連を完全に理解しているわけではありません。

一方、この世界を構成しているあらゆる要素について考えを巡らし、またそれを肌で感じる能力を持っている私たちは、記号では表し切ることのできない情報すべてを投入して短歌をつくることができる、と言えるでしょう。そう思うと、言葉で表すことのできないものをあえて言葉にしていく行為の貴重さすら感じます。

私たち人間と〈短歌ＡＩ〉にはそんな違いもありますが、それでも「いま書きかけている言葉から、その先どこへでも飛んでいける」ということを頭に置いておくだけで、これまでにない〈短歌〉や、それを表現したいと感じる〈あなた〉に出会うきっかけを掴むことができるでしょう。

この章から学ぶ「短歌入門」

●書きかけの短歌を用意する。
●以下の三つの方法で、〈書きかけの短歌〉の続きをつくる。
①何も考えず思いつくままに言葉をつながないで、続きをつくる。
②一語一語とにかく飛躍させながら、続きをつくる。
③自分が心地いいと感じる飛躍の具合で、続きをつくる。
●それぞれの短歌について評を書く。

第5章　うまく付き合う

「勝ち負け」しかないのだろうか

「ＡＩと人間」という話題になると、「勝ち負け」について議論されることが多いように感じます。２０１７年には世界トップ棋士に勝利したコンピュータ囲碁プログラムの「ＡｌｐｈａＧｏ（アルファ碁）」が大きな注目を浴びましたが、これはまさしく勝負の世界の出来事で、囲碁において機械が人に勝てるわけがない、と考えていた当時の人々の認識をひっくり返した事件と言えます。

さらにそこから遡って１９９７年には、ＩＢＭの開発するスーパーコンピュータ「ディープブルー」が世界チェスチャンピオンを打ち負かし、これは世界で初めてチェスチャンピオンに勝利したコンピュータとして記録されています。２０１１年にも、同じくＩＢＭが開発した質問応答システム「ワトソン」が、知識が問われるクイズの世界で人間に勝利します。

このように、人間対ＡＩの歴史は古く、いずれも大きな驚きをもって記憶に刻まれており、あらゆる世代でこの「勝ち負け」という価値観は受け継がれていることでしょう。

短歌と同じく定型詩の一つである「俳句」でも、人とＡＩの対決が行われています。２０１８年に放送されたＮＨＫ『超絶　凄ワザ！』という番組で、北海道大学が研究を進めている俳句生成ＡＩ「ＡＩ一茶くん」が、風景画像をお題に俳句をつくるという企画で人と対決しました。結果は「惨敗」であったと開発者は記していますが、ここでも「勝ち負け」という文脈でＡＩが取り上げられています。ＡＩの現在の性能を測り、また人との差異を見るためにも、競争をする、といったフォーマットは確かにとてもわかりやすい構図だと感じます。

私たちの〈短歌ＡＩ〉についても、これを初めて耳にする方からは「ほんとうに良い歌をつくれるのか」「人の方がいいに決まっている」といった声がよく上がります。しかし、短歌には囲碁のような明確な「勝ち負け」のルールはありません。前にも述べたように、短歌は何か一つの絶対的な「良さ」を他者と競争する文化ではないでしょう。つまり、短歌においては「勝ち負け」という視点はむしろ設定しにくく、それとは異なる関係性の構築へと想像を広げるのが重要ではないかと考えます。

だからと言って私は「短歌の作歌にもテクノロジーが積極的に応用されるべき」という主張を持っていません。しかし、例えばもしあなたが短歌をつくるとき、「あれ、これ、いつか見た誰かの作品に似ているかも？」と不安を覚え、検索サイトを開く可能性はないでしょうか。また、自作の歌をインターネットに公開し、会ったことも見たこともない、匿名の人たちによって即座に評価されて、喜んだり、あるいは時に傷ついたりといった経験をするかもしれません。こういったことも、いつかの過去時点ではあり得なかった「テクノロジーの進化と短歌」に関連する出来事として捉えることができるでしょう。つまり、何らかのテクノロジーの影響を受けながら短歌をつくるという状況は、すでに始まって久しいとも言えるのです。

テクノロジーは、私たちの生活に深く入り込み続けていて、私たちはそれをあえて意識することなく毎日を過ごしています。ＣｈａｔＧＰＴに代表されるように、言語モデルが日常生活のなかで提供されるサービスとして扱える状況は、すでにもう始まっています。いつか、いまＡＩと呼ばれるテクノロジーが水のようにふつうに日々の生活に浸透しているかもしれません。そんななかで「短歌をつくる」ということ、もっと言えば「人間である私としての短歌をつくる」ということについて、一度考えてみたいと思います。

〈短歌ＡＩ〉の取り組みでは、実際に短歌を生成するＡＩをつくってその成り立ちについて考え、挙動を観察し、また歌人の方々に触れてもらうことで、「勝ち負け」にこだわらない、「多様な付き合い方」の可能性が見えてきました。それらを、この章でまとめてみようと思います。

壁打ち相手になってくれたら

これまで文化部とともに行った歌人への取材では、ＡＩと結べるかもしれない新たな「付き合い方」の可能性を、実作者の目線から考える機会を得ています。俵万智さんへの取材では、短歌ＡＩが高速に大量の短歌を生成できるという点に驚かれ、一つの「付き合い方」を提示するような話題になりました。それは「壁打ち相手としてはいいかもしれない」という言葉です。永田和宏さんへの取材でも、「例えば上の句で筆が止まっている時に、ＡＩに提案してもらった言葉を発展させて下の句を付けるという使い方は、認めてもいいのかもしれない」と、俵さん同様、壁打ち相手としてのＡＩの可能性が指摘されました。

　これはどういうことでしょうか。例えばあなたにはいま、どうしても完成しない書きかけの歌があって、悩んでいるとします。そんな時に、ＡＩにその書きかけの歌を入力し、続く内容を大量に生成させます。ＡＩですから、何度お願いしても、いつお願いしても、嫌な顔をせず淡々と生成することが可能でしょう。そこで得られる大量の歌をあなたは見ながら、ああでもないこうでもないと考えて、「ほんとうに詠（うた）いたかった言葉」を探せるのではないか、ということです。

　試しに、やってみましょう。例えば私が、「言葉だけを学習している言語モデル」に関する歌をつくってみようと考えているとします。上の句……これがいい上の句かはよくわかりませんが、「文字だけを辿った先にみえたのは」こんな上の句を考えました。何が見えたのでしょうか。例えば「紫に咲く向日葵（ひまわり）の庭」とか、現実世界にはあり得ないような風景が続けば、言語モデルらしい気もします（あとで調べたところ、紫の向日葵というのは実際にあるそうです）。しかし、この「見えたもの」はなんでもよい、といえば無責任ですが、ここにはとても自由な想像の幅があるでしょう。そこで、言語モデルにたくさんの歌を生成させながら、壁打ち相手になってもらいましょう。

なお、ここで利用する言語モデルは、ウィキペディア日本語版から抽出した擬似短歌を学習した短歌ＡＩです。第4章で見たように、さまざまにパラメータを変化させながらの生成を試しています。

入力 文字だけを辿った先にみえたのは（上の句）

生成（下の句）

文字だけを辿った先にみえたのは神秘の森の一部であった
文字だけを辿った先にみえたのは仮想世界のほんとうの城
文字だけを辿った先にみえたのは夢と不思議にうまれた都々逸
文字だけを辿った先にみえたのは銀河鉄道本線の上
文字だけを辿った先にみえたのは恐ろしい過去再生の淵

文字だけを辿った先にみえたのは魔術師らしき影が輝く
文字だけを辿った先にみえたのは神のごとくの神殿であり
文字だけを辿った先にみえたのは廃墟と化した駅ビルだった
文字だけを辿った先にみえたのは神秘の島が広がっていた
文字だけを辿った先にみえたのは魔術師ギルド秘密事務局
文字だけを辿った先にみえたのは惑星サイズの電子レンジ
文字だけを辿った先にみえたのは銀河の落下襲来だった
文字だけを辿った先にみえたのは深い森の色を染める草
文字だけを辿った先にみえたのは神秘の部屋の鏡であった
文字だけを辿った先にみえたのは夢のまっかな眠る黄海
文字だけを辿った先にみえたのは青っぽい土の中に白髪
文字だけを辿った先にみえたのは仮想世界エルパコだったが

いかがでしょうか。「銀河鉄道本線の上」「魔術師ギルド秘密事務局」「惑星サイズの電子レンジ」「青っぽい土の中に白髪」……、さまざまなイメージが一挙に提示されました。これらこそ、「文字だけを辿った先にみえた」ものという気もしてきますが……さらに、生成を続けてみましょう。

文字だけを辿った先にみえたのはもう限界の空間だった
文字だけを辿った先にみえたのは遠い過去への約束だった
文字だけを辿った先にみえたのは恐怖だったが現実だった
文字だけを辿った先にみえたのはもう今もなく雨のみの夜
文字だけを辿った先にみえたのはもう今のわたしたちではなく

「もう限界の空間」「恐怖だったが現実」「もう今のわたしたちではなく」……、先ほどのような具体的な「もの」ではなく、もう少し概念的な内容が出てきました。「遠い過去への約束だった」はなかでも目を引きます。確かに、言語モデルが学んでいるのは、私たちが過去に蓄積してきたテキストデータです。その過去から導かれる内容は、「過去への約束」という表現を用いても良いのかもしれません。

そこで、「文字だけを辿った先にみえたのは過去につくった」と続くようにしてみました。過去のテキストデータでつくった、私たちの世界そのもの、といった内容の短歌はありえるかも、と想像しながら、続きを考えていきましょう。最初に頭の中にあった「紫に咲く向日葵の庭」から、ずいぶん遠くへ来たように感じます。
ここからまた、言語モデルと壁打ちをしてみます。

文字だけを辿った先にみえたのは過去につくった安っぽい城
文字だけを辿った先にみえたのは過去につくった歴史であった
文字だけを辿った先にみえたのは過去につくった世界であった
文字だけを辿った先にみえたのは過去につくった架空の政府
文字だけを辿った先にみえたのは過去につくった罪や罰たち
文字だけを辿った先にみえたのは過去につくった過去の自分に
文字だけを辿った先にみえたのは過去につくったつくり笑顔や
文字だけを辿った先にみえたのは過去につくったダムの正体
文字だけを辿った先にみえたのは過去につくった罪の無い愛
文字だけを辿った先にみえたのは過去につくった自分の理想
文字だけを辿った先にみえたのは過去につくった最後の願い
文字だけを辿った先にみえたのは過去につくったゲームデザイン
文字だけを辿った先にみえたのは過去につくった自分の名前

「つくり笑顔や」「罪の無い愛」「最後の願い」という表現は、生成する前に想像していた「私たちの世界そのもの」と距離の遠い、私の頭になかった言葉です。

ここで私は「自分の手と影」という表現に引っかかりました。「身体」について描写しているのに意外な感じがしたからでしょうか。しかしよく考えてみると、学習データとなるテキストデータは、そのほとんどが人の手によって書かれた／入力された文字列であると気づきます。そこから、たくさんの人の手の痕跡、といったイメージを結ぶのはどうかと考えました。そしてできたのが、次の歌です。


文字だけを辿った先にみえたのは指紋の指紋　あなたのもある

私たちの残した言葉のあつまりが言語モデルをつくっていて、そのなかにはこの歌に触れるあなたのものもある、ということを、体の残す跡＝指紋と結びつけて表した歌になりました。

最初につくった「文字だけを辿った先にみえたのは紫に咲く向日葵の庭」とどちらがい

いか、についてはここでは問題にしません。ここで重要となるのは、このようにして言語モデルと「壁打ち相手」として付き合うことで、私の最初に想像していたものから、遠く離れた印象を持つ歌に行き着くことができたという点です。

永田さんは取材で、「歌をつくる前はこう思っていたけど、歌をつくるプロセスでこうも思ったんだという自分の発見があって。これはすごく大事なことだと言い続けてきた。そうした言葉をＡＩが見つけてくれようと自分で見つけようと、本質は変わらないのかもしれない」と発言しています。

これは、創作において手を動かす前に考えていたことと最終的な作品との間に生まれる差異を許容することの重要性を語ったものだと思います。頭だけではなく、手だけでもなく、別の知能との対話を通して、歌をつくる前の〈私〉とつくった後の〈私〉とで違いを生んでいく、そんな「付き合い方」の可能性を感じます。

私をうつす鏡になったら

「鏡」は、私たちが社会的な生活を送る上で欠かせない道具です。毎朝、学校や会社へ行く前に、鏡を覗くという人がほとんどでしょう。寝癖はないか、顔色は悪くないか、昨日飲みすぎたので浮腫(むく)んでいるな……と、他人と相対してやり取りをする前に、いまの自分がどのような姿なのかを確認する作業が、そこでは行われます。そして、鏡は正直です。例えば「寝癖があることを伝えたら、気分を悪くするかもしれない」といった気遣いや忖度といったものは当然なく、いつでもありのままのあなたをうつし出してくれるところに、ほかには代え難い価値があると言えるでしょう。

一方で、自分の普段の言葉づかいがいったいどのように見えるのか、それを客観的に把握するのは、そう簡単な作業とは言えません。私たちは毎日の生活の中で無意識のうちにたくさんの言葉を扱い、特に音声によるやり取りでは、それは口から発せられた側から消えてしまいます。

自分でつくる短歌を考えれば、ある程度意識的に言葉を置いていて、それがどんなふうに見えるのか、伝わるのかを判断している瞬間は多いでしょう。しかしそれでも、ある歌をつくった時の苦労や、そこで扱っている気に入った言葉の使い方など、思い入れが邪魔をして、なかなか客観的に自分の歌を見るのは難しいかもしれません。

先ほど、人間である自分が考えている上の句から、言語モデルに下の句を付けさせる、といったことを試してみましたが、これは私の意図や人柄を知らない知性が続きを書いている、とも捉えることができます。これを応用することで、私が書いた歌を客観的に眺める鏡のような道具にする、そんな可能性もあるように思います。

私は以前、「バニラ・シークエンス」という30首からなる連作をつくりました。この連作ではウィキペディア日本語版を学習した短歌生成モデル——つまりは無個性で一般的な言葉を用いて短歌を生成する装置を用意して、該当部分を明記した上で、一部そのモデル生成によって得られた歌を収録するといったことをしています。

寂しさは言い澱みなくいっていい思い出すまで4人通過し
寂しさは言い澱みなくいっていい気持ちやましく飾られている

毒殺をはかられたことのない身体二つ並べて豆腐をつつく
毒殺をはかられたことのない身体余生を送ることを望んで

咳をする音の反射を聞くまでは水平だった駐車場の　2
咳をする音の反射を聞くまでは音楽的に注意を払う

それぞれ、最初にあるのが私自身がつくった歌で、後に続くのが下の句をＡＩによって生成させた歌になっています。ここで私の歌とＡＩの歌を見比べてみると、なんだかシリアスになりすぎている（格好つけている、と言ってもいいかもしれません）私の歌に対して、AIの生成はそれを茶化している、はたまたツッコミを入れているようにも読めてきます。また、〈私〉がなぜAIのような下の句ではなく、〈私〉が書いた下の句をつくったのか、といったことを考えるきっかけを提供しているようです。つまり、AIの生成と自分の歌とを見比べることで、より〈私〉がどんな人間であるのか見えてくる、そんな連作になっています。

〈私〉には私なりの拘り（こだわ）もあれば、また自分を狭い世界に縛る思い込みのようなものもきっとあるでしょう。それを解放させて、自分をより広い言葉の世界の中に位置づける。AIは、自分の歌、そしてそれをつくった〈私〉がいまどこにいてどのような姿をしているのかをうつす「鏡」の役割を果たすのではないかと考えます。

似ている歌を教えてくれたら

先ほども例に挙げましたが、短歌をつくっているときに「この歌、どこかで見たかもしれないな」と思うことがあるかもしれません。いい歌ができた気がするが、どうもそれにしては簡単にできすぎた。そんな時、つい誰かの表現を借りてきてしまったのではないかと、不安になるものです。

これは第3章の最後で述べた「忘れられなさ」にも通じる内容ですが、私たちはいつかどこかで目にした歌の表現に刺激され、それが無意識的に頭に残っている、ということがきっとあるでしょう。そんな時、頭の中にこれまで目にした歌がすべて入っていれば、とまではいかなくとも、ひょっとしたらあの歌集に収められていた一首かもしれない、と、付箋のついた本をすぐ手にとれれば良いですが、そう簡単にいかないこともあります。

むしろ、どこだったかわからない、というところまで「頭の中の短歌の海」が広ければいいな、とさえ思えてもきます。この世界には私を摑んだ歌が大量に存在していて、そんな蠢(うごめ)きの中に自分があり、またそこへ一つの歌を足していく、そしてそれがどこかの誰かをまた新たに摑む……といった循環に身を置いているのが私たちではないでしょうか。

そんな渦中にいる私たちが、いつかどこかで出会った「あの歌」を見つけ出すのは、そう容易ではありません。一方、第1章で紹介した「朝日歌壇ライブラリ」では、文ベクトルによって計算される文の類似度を使って、入力された言葉と近い意味を持つ短歌を見つけることができます。このような文の類似による検索を用いることで、例えばいまあなたがつくっている短歌と似たものがないか探すことも可能でしょう。それは文字列の一致を超えた意味の類似によって計算されるものなので、語彙的な表現を超えたアイデアの類似をも、見つけることができるかもしれません。

そのためには、過去につくられた歌をすべて集めたデータベースのようなものが必要です。例えば俳句では、現代俳句協会の運営する「現代俳句データベース」が存在します。これは「明治以降の広い意味での秀句、歴史的に価値のある俳句作品を網羅することを目指し」てつくられたもので、現代俳句協会受賞作品全句、現代俳句協会歴代会長作品、歴代俳句大賞作品、現・現代俳句協会役員作品、ＩＴ部員の推薦句などを収録しているのだそうです。

しかし、短歌には現状そういったものはありません。また、この世の中に存在するあらゆる歌を電子化して一元的に管理することは、技術的にもモラルの面でも課題がありそうです。それでも、例えば自分がこれまでに触れた歌や、過去につくった歌を記録してくれるような仕組みがあれば、どこかで出会って忘れられずにいた歌が無意識に浮かんで、その歌と似た表現をうっかりしてしまう、といったことを避けることができるでしょう。ここで言葉の意味を計算するＡＩが、その力を発揮してくれます。

例えばこれまでに触れて気になった歌をテキストデータ化するなどして、あなただけの短歌データセットを持っておくのはいい方法でしょう。「言葉が計算できる」いまの世界において、それはまるで歌集に付箋を貼るような、自然な行為になるかもしれません。

人ではないあたたかさ

人とＡＩを対比して考える際に、「人はあたたかいものである」と語られがちな気がします。しかしこれは、常に正しい命題でしょうか。「冷たい態度」といった言葉があるように、他者に冷たくできるのもまた人間です。さらには、あたたかさを超えて熱くなってしまうと、これもまた人間関係に悪い影響をもたらすきっかけになり得るでしょう。

翻って、「ＡＩは人ではありません」。当たり前すぎる、つまらない文章です。しかし、「人ではありません。なのであたたかいのです」と続いたら、どうでしょうか。一般的には人間は血の通ったあたたかいものとされているので、少しびっくりしませんか。しかし、ここではＡＩの「人ではないあたたかさ」について考えたいと思います。

これは「ＡＩは人が持っているような冷たさを持っていない」ということです。先ほどの「壁打ち相手」の例では、短歌ＡＩにいわば案出しをお願いしながら自分の歌をつくることに取り組みました。ＡＩは、こちらが何度お願いしても、疲れることなく、それがたとえ真夜中であろうと、嫌な顔せず、結果を返してくれます。人間の「短歌の友人」では、なかなかそういう訳にはいかないでしょう。

また、ＡＩ相手なら、いくらでもダメ出しをすることができます。どんなに細かいところを指摘しようが、うんともすんとも言わず、淡々と生成を続けるのが言語モデルです。

ですので、例えば短歌の教室や創作の授業で、あえて「悪い例」を生成させる装置として、教育的な利用が可能かもしれません。これは、ＡＩならではの度量の広さ、「あたたかさ」があるからこそできる行為ではないでしょうか。

俵万智さんと開催した「恋の歌会」では、短歌ＡＩの生成する歌を俵さんに添削してもらい、会場で共有するといったことをしました。

歌会は初夏に募集が始まったこともあって、「初夏の光とともにやってくる」という上の句に対する下の句を、参加者から募るとともに、短歌ＡＩでも生成させてみました。

初夏の光とともにやってくる午後の地下鉄ふくらんでゆく

これが、短歌ＡＩの生成した下の句です。「地下鉄がふくらんでゆく」という表現は面白いものがありますが、これを俵さんは次のように添削しました。

初夏の光とともにやってくる山手線がふくらんでゆく

「地下鉄」を「山手線」と、具体的な路線名を与えながら地上に上げてあげることで、まぶしい「光」をより実感の伴うものにしています。

第1章でも見たように、歌会では「恋」というお題で題詠に対する生成も行いました。

あたらしい恋の思いによるとこの恋にはスマホが存在しない

これを俵さんは、次のように添削します。

あたらしい恋の**定義**によるとこの恋にはスマホが存在しない

「思い」というぼんやりとした言葉に、「定義」とはっきりした形を与えることで、この歌がより明確に感じられます。

なお、このイベントは会場に加えてオンラインでも配信し、多くの人が見届ける中で開かれた歌会でした。一般的には、そんな大勢の前で添削を受けるというのは、する方もされる方も、少し躊躇してしまうかもしれません。でも、そこは器の大きいＡＩです。いくらでも、何を言っても動揺しないＡＩだからこそ、表現そのものに対する率直な指摘が可能となり、そのさまを私たちは見ることで、より純粋に短歌をつくることについて考える時間を過ごせたのかもしれません。

高度なＡＩが日常にある「いま」

本書ではなるべく流行にとらわれず普遍性のある話題を提供したい。そう思いつつも、やはりこの本を書いている「いま」は、ＡＩと人について考えるにはとても面白い時代だと感じます。ＣｈａｔＧＰＴの登場によって、誰もが高度なＡＩを触れるようになりました。これは、過去を振り返ってみてもなかった出来事ではないでしょうか。ここでは、ＣｈａｔＧＰＴを用いた私たちの最も新しい取り組みとして、歌人の木下龍也氏をお迎えして開いたイベントについて書こうと思います。

２０２４年の４月に、朝日新聞社では「木下龍也さん×ＡＩ短歌　あなたのために詠む短歌」というイベントを開催しました。ゲストの木下龍也さんは、個人の想い（お題）を受けて短歌をつくる「あなたのための短歌」に取り組まれています。イベントでも参加者からお題を募って、それに対する木下さん自身の歌、そして「あなたのための短歌」を学習したＡＩの生成をみるということをしました。

ＡＩは、ＣｈａｔＧＰＴでも使われているＧＰＴ－３・５という言語モデルに対して、１００個の「お題」と「それに応える短歌」のペアを追加で学習することで用意したものです。その生成には木下さん自身も驚かれ、１００件というとても少ないデータから「らしい」結果を生成する、最近の言語モデルの性能の高さを改めて知ることとなりました。
　さて、実際のお題と、それに対する木下さんの歌、それからＡＩの生成を見てみましょう。

お題

　昨年の春、図鑑編集者になりました。仕事は楽しく充実していますが、まだ何者にもなれていない自分が悔しくて、焦っています。
　自分にしか世に出せない本とは何か、私らしい仕事とは何かを悩む日々を、少しだけ見ていてくれる短歌を下さい。

（神奈川県・20代）

木下さんの歌

　青い実が赤く染まってゆくようにらしさはいずれきみに追いつく

生成（「あなたのための短歌」を学習したモデル）

　何者も調べたことのない言葉とても素朴で遠くから来る

生成（「あなたのための短歌」を学習していないモデル）

未来を見つめ
自分を愛し
表現の道を

輝く星
その一つに
私もなろう

「何者にもなれていない自分への焦り」を寄せたお題に対して、木下さんはその人らしさが現れることを実が熟するさまになぞらえて歌にしています。「あなたのための短歌」を学習したＡＩの生成も、お題に対する答えが時間をかけてやってくることを、図鑑を連想させる「調べる」という行為で表しています。木下さんのデータを学習することで、ただ綺麗な言葉や正論を並べただけのアドバイスではなく、「一人の人へ向けた短歌」という形で生成ができているように見えます。データを学習していない素のモデルと比べてみても、その違いは明白でしょう。

イベントでは、生成された歌と見比べながら木下さんの短歌や作歌の過程に迫るとともに、実際にお題をいただいた方からの感想もいただくことができました。ＡＩが誰かに向けた歌を生成して、その受け手が生の感想を伝えるという点でも、新しい取り組みとなりました。

木下さんとは、イベント前の打ち合わせの段階でも短歌生成のデモンストレーションをお見せする機会がありました。当初はその性能に「怖い」と率直な感想を述べられましたが、ＡＩができること・できないことを知るにつれてその印象は変化し、イベント当日には健気に短歌を生成するＡＩに「真面目でかわいい」というコメントをいただきました。

お題を送ってくださった参加者の方も同様に、ＡＩの歌からは「実感を感じないもの」かと当初は思っていたが、実際に学習して生成するさまを見て「愛らしさ」を感じ、「親近感も湧いた」との感想を寄せてくださいました。これは、ＡＩに実際に触れその挙動を知ることで、人とＡＩの関係性が変化するという例を示しているでしょう。

皆さんの手元にもＡＩが「ある」時代が訪れています。ひとまず、手元のそれに触れてみる。いま、皆さんはＡＩに対して恐れや不安を感じているかもしれませんし、逆に大きな期待を抱いているかもしれません。しかし、それらの感情は実際のＡＩとのやり取りの中で、変化していくでしょう。そこから新たな課題を見つけたり、また新たな関係性を構築したり、あなただけのＡＩ付き合いの可能性が広がっていくかもしれません。

付き合い方には気をつけて

ＡＩと創作に関する話題には、議論がつきものです。特に、著作権に対する考え方は、ＡＩをつくる人、ＡＩを利用する人、そしてＡＩの学習データとなる内容を生み出した人、つまりは創作に関わるほとんどすべての人に関係する、非常に大事な問題です。これについては今まさに議論と検討が進んでいるところで、この本が読まれている頃にいったいどんな状況にあるかはわかりませんが、ひとまず現状を整理します。

まず、ＡＩを開発・学習する段階と、生成・利用する段階では著作物の利用行為が異なり、関係する著作権法の条文も異なります。さらに、ＡＩが生成したものが著作物に当たるか、といったことも別の問題として考える必要があります。

著作物を収集・複製し、学習データを作成すること、またデータを学習に利用して、ＡＩ（学習済みモデル）を開発することは、いわゆる柔軟な権利制限規定（著作権法第30条の4）によって、原則として著作権者の許諾なく行うことが可能です。ただし、「著作権者の利益を不当に害することとなる場合」などは原則通り許諾が必要となります。

また、ＡＩを利用して生成する段階については、人がＡＩを利用せずに創作する場合と同様に判断されます。生成物に既存の著作物との類似性が認められる場合、その利用は避ける、著作権者の許諾を取る、全く異なる著作物になるように大きく手を加える、といったことを考える必要が生じます。

ＡＩ生成物の著作権については、ＡＩが自律的に生成したものは該当しないとする一方で、ＡＩを道具として人が創作的意図と創作的寄与を持ってつくったと認められるものに関しては、該当すると考えられます。

これらの法とそれにまつわる議論については、ＡＩと創作に関わる人間として、常に注意していく必要があるでしょう。

そして、法律の話とは別に、例えば短歌の投稿欄には明確にＡＩの利用を禁じたものもあります。この本では「いい短歌をつくるＡＩを利用して自動的に作歌を行う」ことの推奨はそもそもしていませんが、それもまた一つの「付き合い方」でしょう。現在は短歌はある一人の人間の手によってのみつくられたという前提のもと鑑賞されるのが普通ですから、例えばＡＩの利用について明示するなど（あえてしない、といった選択肢もありえるでしょう）、どのようにして発表するか、ということについては意識的でありたいものです。

さらに、言語モデルは「学習時に見たデータをもとに生成するモデルである」という点も忘れてはなりません。もし、ある言語モデルがとてもいいと思える短歌を生成できているとしたら、その裏にはその表現を計算によって導き出すことを可能にした学習データが存在しているといえます。その生成結果をそのまま「いい短歌」として世の中に放ち続けていたとしたら、それはあくまで「これまでの歴史の中でいいとされている歌」のバリエーションにすぎない、という考え方もできそうです。創作はこれまでにない、新たな表現をつくる行為ですが、それとは反対の試みにとどまってしまいます。

むしろ、言語モデルが生成できない言葉を生み出すということが、今後の短歌の創作において重要となるかもしれません。ただその一方で、「ＡＩにはつくれない歌」ばかりを志向していては、創作は「ＡＩとの勝ち負け」という狭い対立構造のなかにとどまり続けます。結局のところ、ＡＩを利用しようがしまいが、これまでの歴史やいまある世界を理解した上で、これまでにない新しいあなただけの歌をつくる、ということに尽きる気がします。

「付き合い方」をつくる

社交的という言葉があります。「ほかの人と上手につきあう様子」（新明解国語辞典・第八版）という意味だそうです。一般的には、いい意味で使われる言葉でしょう。しかし、

「社交的」であるという性質を指す言葉が存在すれば、その性質を持たない人の存在も暗に炙り出します。

世の中すべての人が、社交的というわけではありません。人それぞれ、他者と多様な人間関係を結んでいて、心地よいと感じる人との付き合い方もさまざまに存在しているでしょう。そしてこれは、AIとの付き合い方にも当てはまると思います。

私たちはこれまで、短歌AIを通じた多様な実験や、歌人への取材やイベントなどのあらゆる実践を通して、短歌の創作を取り巻くAIと人の間には、たくさんのつくりうる関係性があることを見てきました。

そこには一つに決まった「正解の付き合い方」があるわけではありません。これからの未来には、あなたが「これまでになかったAIとの付き合い方」を発見する余白が広がっているでしょう。一方で、「よくない付き合い方」というものも、法律や倫理に照らすと見えてきます。

最近では生成AIが注目を浴びていますが、言葉を取り巻くテクノロジーの進化は今後もきっと続いていくでしょう。日常生活に、AIがつくった言葉がより浸透していくかもしれません。現代を生きる人間である私としては、短歌の創作が完全にAIのものになってしまうのは、やはり受け入れ難いところがあります。そこで、「これはあなたや私のものだ」と思える短歌をつくるには、いったいどのようにＡＩと付き合えば良いのか。ぜひとも、私たちで考え続けたい、実践を続けたい問題です。そしてこの問題は、いかなる未来にも開かれ続けている、私たち人間にとって非常に重要な問いではないでしょうか。

この章から学ぶ「短歌入門」

●あなただけのＡＩとの付き合い方をつくる。
●その「付き合い方」について名前をつける。
●どんな時にその関係が深まるのか／終わりを迎えるのかについて考えながら、実践する。

おわりに

本書では、ＡＩがどのようにして短歌を学び、またそれを生成するのかを見ながら、短歌という文化・創作、さらには人間との関係について考えました。コンピュータで言葉を扱う自然言語処理について説明し（序章）、新聞社の取り組みである短歌ＡＩの概要について（第1章）、「型」を扱うＡＩの仕組みや挙動から短歌の定型について（第2章）、学習データによる言語モデルの生成の違いから作品に触れることの重要性について（第3章）、言語モデルの生成手法から歌をつくるための語彙選択について（第4章）、そして最後にはＡＩとの付き合い方について（第5章）触れました。

その内容は朝日新聞社における研究開発とコンテンツ制作での実践を題材にし、いずれも〈いま実際にできること／起きていること〉が起点となっています。生成ＡＩについて多く語られる昨今において、なるべく過度な期待や不安を煽（あお）ることなく、地に足のついた話ができればと考えましたが、実際そのようになっていればと思います。その結果を振り返ってみれば、「短歌入門」としてはいずれも基本的かつ当たり前のことを書いてきたかもしれません。

一方で、自然言語処理の専門的な知識については、その説明を簡潔にするため、少々大雑把なところがあったのは否めません。「言葉」を扱う技術そのものにご興味をもたれた方がいれば、ぜひとも、より専門的な本を手に取ってみてください。言語モデルの創作分野における応用には、まだ明らかになっていない問題や、行われていない実践が多くあります。これに取り組む人が一人でも増えたら、それはまたうれしいことです。

〈短歌ＡＩ〉の研究は、現在も続いています。本書では取り上げることができませんでしたが、短歌の評価や鑑賞をテーマにした研究を、社内外の研究者と進めている最中です。本書に書いた内容は決して一つの正解を示すものではなく、今後も形を変え続けていくことでしょう。

私たちは、有限の時間を生きています。限られた時間の中で、できることをやる。そんな毎日の連続です。それはすべての生物にとって平等で、遠い過去から現在まで、おそらく例外はないでしょう。

一方、ＡＩには私たちのような寿命はありません。こんな「時間」に対する感覚もＡＩと人の大きな違いではないでしょうか……と、書きかけていました。しかし、よくよく考えてみれば、ＡＩもいま現在に存在するコンピュータ上で動作するプログラムにすぎません。例えば50年先に、いまあるＡＩがそのまま動き続けているかといえば、それは難しいでしょう。

私は序章で「春過ぎて夏来るらし白たへの衣干したり天の香具山」という万葉集の短歌について書きました。この歌は一千年以上の時間を生き、過去に存在した人間の一瞬を保存して、遠い未来に生まれた子どもであった私に強い印象を残しました。その結果の一つが、この本であると言うこともできるでしょう。私たちがつくる短歌は、私たちの言葉が続く限り、生き続けるものなのかもしれません。

短歌が生きる非常に長い時間の前では、人の命もＡＩの寿命も等しく短い。そんなふうに考えると、難しいことはさておき、とりあえず歌をつくってみようと思えてきます。本書では、ＡＩが短歌を生成するさまを見ながら、人間が短歌をつくるということについて考えてきました。ここから先にあるのは〈ＡＩ〉や〈人間〉ではなく〈あなた〉が短歌をつくる時間です。そこで、本書の内容を思い出していただける瞬間があれば、著者としてこれ以上にうれしいことはありません。

謝辞

短歌生成の研究にあたり、日頃から数々のご助言をいただいております、ＭＢＺＵＡＩ・東北大学の乾健太郎教授並びに東京工業大学の岡崎直観教授に、感謝を申し上げます。私たちの短歌生成ＡＩが世の中に出るきっかけをつくり、その後も一緒に短歌ＡＩをつくってきた弊社文化部の佐々波幸子氏、佐藤卓史氏、柏崎歓氏をはじめとする皆さん、また短歌生成を含む研究開発業務はもちろんのこと、本書の内容にも助言をいただいた田森秀明氏、田口雄哉氏、新妻巧朗氏らメディア研究開発センターの皆さんに感謝いたします。

そして、短歌ＡＩに触れていただき、私たちもまだわからなかったその実像や未来像を明らかなものとしてくださった俵万智氏、永田和宏氏、木下龍也氏、イベントや記事をご覧いただいた皆様に心より感謝申し上げます。

そのほか、ここに挙げきることのできない社内外の方々の協力によって〈短歌ＡＩ〉はできています。皆様がいなければ、本書に書いた取り組みはいずれも実現せず、この本も存在していませんでした。重ね重ね感謝いたします。

本書における短歌の専門的な記述について、助言をいただいた寺井龍哉氏に感謝いたします。最後に、書籍の執筆は初めてということもあり、あらゆる作業に慣れない私を励まし、一冊の本にしてくださった講談社学芸第一出版部の井本麻紀氏に、厚く御礼申し上げます。

主要参考文献（著者名五十音順、アルファベット順）

朝日新聞社「#この記事は実在しません：GPT-2 Text Generation Demo」、2020年　https://cl.asahi.com/api_data/gpt2-demo.html
朝日新聞社「PREMIUM A　俵万智×AI短歌　歌人と拓く言葉」『朝日新聞デジタル』、2022年7月6日 https://www.asahi.com/special/tawaramachi-aitanka/
朝日新聞社「PREMIUM A　短歌でさがす〝いまの気持ち〟」『朝日新聞デジタル』、2022年8月3日 https://www.asahi.com/special/asahikadan-library/
朝日新聞社「自動要約生成API：TSUNA」、2022年 https://cl.asahi.com/api_data/headlinegeneration.html
朝日新聞社「朝日新聞社の文章校正AI　Typoless（タイポレス）」、2023年 https://typoless.asahi.com/
いなにわ、せきしろ『偶然短歌』飛鳥新社、2016年
浦川 通「AIが俵万智さんの歌集を学習したら　開発者が言語モデルを解説」『朝日新聞デジタル』、2022年7月5日 https://digital.asahi.com/articles/ASQ744WG1Q71UCVL01Y.html
浦川 通「短歌AIをつくる」『文藝春秋』2022年12月号
浦川 通、朝日新聞社メディア研究開発センター『[穴埋め式] 世界ことわざ辞典』TRANS BOOKS DOWNLOADs、2020年
浦川 通、新妻巧朗、田口雄哉、田森秀明、岡崎直観、乾健太郎「モーラを考慮したFine-tuningによる口語短歌生成」『言語処理学会　第28回年次大会　発表論文集』、2022年3月
浦川 通、新妻巧朗、田口雄哉、田森秀明、岡崎直観、乾健太郎「短歌における言語モデルの実応用―歌人の視点を通した生成と作歌支援の実践から―」『言語処理学会　第29回年次大会　発表論文集』、2023年3月
浦川 通、新妻巧朗、田口雄哉、田森秀明、岡崎直観、乾健太郎「短歌における自然言語生成の受容と有用性の検討」『研究報告自然言語処理（NL）』2023年3月
岡井隆（監修）、三枝昂之ほか（編）『岩波　現代短歌辞典　普通版』岩波書店、1999年
岡崎直観、荒瀬由紀、鈴木 潤、鶴岡慶雅、宮尾祐介『IT Text 自然言語処理の基礎』オーム社、2022年
川村秀憲「人工知能が俳句を詠む：AI一茶くんの挑戦」『情報法制レポート』、2022年第2号

川村秀憲、山下倫央、横山想一郎
『人工知能が俳句を詠む：AI一茶くんの挑戦』オーム社、2021年
窪薗晴夫「特集　音節とモーラの理論　モーラと音節の普遍性」
『音声研究』、1998年第2巻第1号
現代俳句協会「現代俳句データベース」 https://haiku-data.jp/index.php
佐々木あらら「暴走するバーチャル歌人・星野しずるとは？」
『情報・知識＆オピニオン imidas』、2012年10月12日
https://imidas.jp/jijikaitai/L-40-121-12-10-G379
佐佐木幸綱（監修）、「心の花」編集部（著）『知識ゼロからの短歌入門』
幻冬舎、2020年
佐々波幸子「A-stories　AIと歌人が出会ったら　第4回　永田和宏さん、短歌AIを語る『やってることは同じかも。でも…』」
『朝日新聞デジタル』、2022年7月6日
https://www.asahi.com/articles/ASQ716V8VQ6QUCVL006.html
佐々波幸子「俵万智さん還暦迎えて詠んだ60代の恋　親元で出現した『黒い娘』」『朝日新聞デジタル』、2023年12月2日
https://www.asahi.com/articles/ASRCZ5TLDRCXUCVL038.html
佐々波幸子、田中瞳子「永田和宏さん、AIは人のように歌を詠めますか　できぬ部分に本質が」『朝日新聞デジタル』、2023年11月18日
https://www.asahi.com/articles/ASRCJ5QN7RCHUCVL006.html
谷 知子『和歌文学の基礎知識』KADOKAWA（角川選書394）、2006年
中辻 真、奥井颯平、野口あや子、加古 陽
「特集　作品検証＆修業秘話 歌歴１年半でここまで上達！　歌人AI（人工知能歌人）の歌力：ついに歌壇デビューか！　筆名は『恋するAI歌人』！」『短歌研究』、2019年8月号
文化庁著作権課「令和5年度　著作権セミナー　AIと著作権」、2023年6月
https://www.bunka.go.jp/seisaku/chosakuken/pdf/93903601_01.pdf
三林亮太、山本岳洋、大島裕明「GPT-2とBERTを用いたバース生成によるラップバトル体験システム」第29回インタラクティブシステムとソフトウェアに関するワークショップ（WISS2021）、2021年12月
https://www.wiss.org/WISS2021Proceedings/data/2-A10.pdf
山田育矢（監修・著）、鈴木正敏、山田康輔、李 凌寒（著）
『大規模言語モデル入門』技術評論社、2023年
渡部泰明『和歌史：なぜ千年を越えて続いたか』KADOKAWA（角川選書641）、2020年
渡部泰明（編）、和歌文学会（監修）『和歌のルール』笠間書院、2014年

Devlin, Jacob, Chang, Ming-Wei, Lee, Kenton, and Toutanova, Kristina, "Bert: Pre-training of Deep Bidirectional Transformers for Language Understanding" In *North American Chapter of the Association for Computational Linguistics*, 2019.

Harnad, Stevan, "The Symbol Grounding Problem", *Physica D: Nonlinear Phenomena*, 42(1-3): 335–346, 1990.

Holtzman, Ari, Buys, Jan, Du, Li, Forbes, Maxwell, and Choi, Yejin, "The Curious Case of Neural Text Degeneration", *International Conference on Learning Representation*, https://arxiv.org/abs/1904.09751, 2020.

Mikolov, Tomas, Chen, Kai, Corrado, Greg, and Dean, Jeffrey, "Efficient Estimation of Word Representations in Vector Space", In *International Conference on Learning Representations*, 2013.

Murray, Kenton, and Chiang, David, "Correcting Length Bias in Neural Machine Translation", In *Conference on Machine Translation*, 2018.

Platen, Patrick von, "How to generate text: using different decoding methods for language generation with Transformers", https://huggingface.co/blog/how-to-generate, 2020.

Reimers, Nils, and Gurevych, Iryna, "Sentence-BERT: Sentence Embeddings using Siamese -BERT Networks", In *Conference on Empirical Methods in Natural Language Processing*, 2019.

Sheng, Emily, Chang, Kai-Wei, Natarajan, Premkumar, and Peng, Nanyun, "The Woman Worked as a Babysitter: On Biases in Language Generation", In *Conference on Empirical Methods in Natural Language Processing*, 2019.

Takeishi, Yuka, Niu, Mingxuan, Luo, Jing, Jin, Zhong, and Yang, Xinyu, "WakaVT: A Sequential Variational Transformer for Waka Generation", 2021.

Watanabe, Kento, Matsubayashi, Yuichiroh, Fukayama, Satoru, Goto, Masataka, Inui, Kentaro, and Nakano, Tomoyasu, "A Melody-Conditioned Lyrics Language Model", In *North American Chapter of the Association for Computational Linguistics*, 2018.

Watanabe, Kento, and Goto, Masataka, "Lyrics information processing: Analysis, generation, and applications", In *NLP4MUSA*, 2020.

引用詳細

(『フリー百科事典　ウィキペディア日本語版』https://ja.wikipedia.org/ より引用したP110−112の項目について、記事の2024年5月22日現在の最終更新日時を記す)

「粘液」：2024年2月20日（火）07:10 UTC
「3次元ディスプレイ」：2022年10月12日（水）22:00 UTC
「Text Editor and Corrector」：2021年4月17日（土）14:47 UTC
「チェリーボム（プロレスラー）」：2023年10月20日（金）09:13 UTC
「キュニョーの砲車」：2023年2月5日（日）06:51 UTC
「Unicode文字のマッピング」：2023年10月1日（日）04:39 UTC
「ヤーコブ・ヨルダーンス」：2023年8月18日（金）12:43 UTC
「シーシャンティ」：2021年5月22日（土）16:31 UTC
「線スペクトル対」：2018年8月4日（土）11:47 UTC
「室伏広治」：2024年5月16日（木）19:23 UTC
「外惑星」：2023年2月16日（木）19:40 UTC

〈短歌AI〉以外の生成で使用した言語モデル

rinna/japanese-gpt2-small
　https://huggingface.co/rinna/japanese-gpt2-small
tohoku-nlp/bert-large-japanese
　https://huggingface.co/tohoku-nlp/bert-large-japanese

N.D.C. 007　218p　18cm
ISBN978-4-06-536012-5

講談社現代新書　2748

AIは短歌をどう詠むか

二〇二四年六月二〇日第一刷発行

著者　浦川通

発行者　森田浩章
発行所　株式会社講談社
東京都文京区音羽二丁目一二―二一　郵便番号一一二―八〇〇一
電話　〇三―五三九五―三五二一　編集（現代新書）
　　　〇三―五三九五―四四一五　販売
　　　〇三―五三九五―三六一五　業務
装幀者　中島英樹／中島デザイン
印刷所　株式会社KPSプロダクツ
製本所　株式会社国宝社
定価はカバーに表示してあります　Printed in Japan

「講談社現代新書」の刊行にあたって

教養は万人が身をもって養い創造すべきものであって、一部の専門家の占有物として、ただ一方的に人々の手もとに配布され伝達されうるものではありません。

しかし、不幸にしてわが国の現状では、教養の重要な養いとなるべき書物は、ほとんど講壇からの天下りや単なる解説に終始し、知識技術を真剣に希求する青少年・学生・一般民衆の根本的な疑問や興味は、けっして十分に答えられ、解きほぐされ、手引きされることがありません。万人の内奥から発した真正の教養への芽ばえが、こうして放置され、むなしく滅びさる運命にゆだねられているのです。

このことは、中・高校だけで教育をおわる人々の成長をはばんでいるだけでなく、大学に進んだり、インテリと目されたりする人々の精神力の健康さえもむしばみ、わが国の文化の実質をまことに脆弱なものにしています。単なる博識以上の根強い思索力・判断力、および確かな技術にささえられた教養を必要とする日本の将来にとって、これは真剣に憂慮されなければならない事態であるといわなければなりません。

わたしたちの「講談社現代新書」は、この事態の克服を意図して計画されたものです。これによってわたしたちは、講壇からの天下りでもなく、単なる解説書でもない、もっぱら万人の魂に生ずる初発的かつ根本的な問題をとらえ、掘り起こし、手引きし、しかも最新の知識への展望を万人に確立させる書物を、新しく世の中に送り出したいと念願しています。

わたしたちは、創業以来民衆を対象とする啓蒙の仕事に専心してきた講談社にとって、これこそもっともふさわしい課題であり、伝統ある出版社としての義務でもあると考えているのです。

一九六四年四月　野間省一

自然科学・医学

知的生活のヒント

趣味・芸術・スポーツ

620 時刻表ひとり旅——宮脇俊三
676 酒の話——小泉武夫
1025 J・S・バッハ——礒山雅
1287 写真美術館へようこそ——飯沢耕太郎
1404 踏みはずす美術史——森村泰昌
1422 演劇入門——平田オリザ
1454 スポーツとは何か——玉木正之
1510 最強のプロ野球論——二宮清純
1653 これがビートルズだ 中山康樹
1723 演技と演出——平田オリザ
1765 科学する麻雀——とつげき東北
1808 ジャズの名盤入門——中山康樹
1890 「天才」の育て方——五嶋節
1915 ベートーヴェンの交響曲——金聖響 玉木正之
1941 プロ野球の一流たち 二宮清純
1970 ビートルズの謎——中山康樹
1990 ロマン派の交響曲——金聖響 玉木正之
2007 落語論——堀井憲一郎
2045 マイケル・ジャクソン——西寺郷太
2055 世界の野菜を旅する 玉村豊男
2058 浮世絵は語る——浅野秀剛
2113 なぜ僕はドキュメンタリーを撮るのか——想田和弘
2132 マーラーの交響曲——金聖響 玉木正之
2210 騎手の一分——藤田伸二
2214 ツール・ド・フランス 山口和幸
2221 歌舞伎 家と血と藝 中川右介
2270 ロックの歴史——中山康樹
2282 ふしぎな国道——佐藤健太郎
2296 ニッポンの音楽——佐々木敦
2366 人が集まる建築——仙田満
2378 不屈の棋士——大川慎太郎
2381 138億年の音楽史 浦久俊彦
2389 ピアニストは語る ヴァレリー・アファナシエフ
2393 現代美術コレクター 高橋龍太郎
2399 ヒットの崩壊——柴那典
2404 本物の名湯ベスト100 石川理夫
2424 タロットの秘密——鏡リュウジ
2446 ピアノの名曲——イリーナ・メジューエワ

日本語・日本文化

P